Ich war in Deutschland vermisst

Hans-Carl Seif

Ich war in Deutschland vermisst

Ein Erlebnisbericht aus sowjetischen KZ-Lagern und NKWD-Kellern

Bibliografische Information der Deutschen Nationalbibliothek
Die Deutsche Nationalbibliothek verzeichnet diese Publikation
in der Deutschen Nationalbibliografie; detaillierte bibliografische
Daten sind im Internet über http://dnb.d-nb.de abrufbar.

© 2014 Hans-Carl Seif
Umschlagdesign, Satz, Herstellung und Verlag:
BoD - Books on Demand
ISBN 978-3-7322-6794-1

Einleitung

Hans-Carl Seif wurde am 25. 12. 1920 in Wien geboren. Im Jahre 1946 verhaftete man ihn nach einem Besuch bei Berlin. Er wurde verschleppt und kam in verschiedene NKWD-Keller und sowjetische Speziallager. Erst am 10. 2. 1950 wurde er aus Buchenwald bei Weimar entlassen.

1972 lernte ich meinen späteren Ehemann kennen, und wir heirateten am 14. 5. 1976.

Nach fast dreijähriger schwerer Erkrankung ist mein Ehemann am 3. 12. 1985 mit 64 Jahren verstorben.

Den jetzt folgenden Erlebnisbericht hatte mein verstorbener Ehemann seiner Mutter in Wien zur Aufbewahrung gegeben. Nach dem Tod meines Ehemannes bekam ich den Erlebnisbericht von einem Cousin aus Wien zugeschickt.

Leider hat mein verstorbener Ehemann nie über diese schlimme Zeit gesprochen, so dass vielleicht einige Sachverhalte im Nachhinein besser zu verstehen wären und ich auch noch einiges besser erklären könnte.

Jedoch, wie ein roter Faden zieht sich das fast unglaubliche Geschehene durch den von meinem verstorbenen Ehemann geschriebenen Erlebnisbericht. Er berührt nicht nur den Leser durch den brisanten Inhalt, er bleibt auch lange im Gedächtnis haften. Es ist allerdings ein Schicksal von vielen Zehntausenden, die damals unschuldig verschleppt wurden.

Mit Sicherheit spricht dieser Erlebnisbericht einige Menschen an. Und das soll auch der Sinn meiner Veröffentlichung sein. Vielleicht auch lesenswert für die Jugend und eine Herausforderung, sich für eine bessere Zukunft in Frieden und Freiheit einzusetzen. Zu oft wird vergessen, was Freiheit bedeutet.

Und nicht zuletzt veröffentliche ich diesen Erlebnisbericht auch zum Andenken an meinen verstorbenen Ehemann.

Inhalt

Vorwort
8

I.
Zum Leben verurteilt

Verhaftung und NKWD-Keller: Brandenburg,
Falkensee, Werder a. d. Havel
12

II.
Lebendig begraben

Lager Ketschendorf
40

Lager Mühlberg
55

Lager Buchenwald
67

III.
Der Eiserne Vorhang darf nicht fallen

80

Vorwort

Ich wurde Mitte Februar 1950 aus dem sowjetischen KZ in Buchenwald bei Weimar entlassen und gehöre zu den Glücklichen, denen das Leben wieder geschenkt wurde. Vier Jahre lang war ich in Deutschland „vermisst", und wenn ich heute bereits nach zwei Monaten Freiheit meine Erlebnisse, die furchtbar und schrecklich waren, niederschreibe, dann aus dem Grunde, weil es mir einfach unmöglich ist, länger zu schweigen.

Außerdem ist es mir eine Verpflichtung gegenüber den Zehntausenden Kameraden, die in den NKWD-Kellern und Lagern ihr Leben lassen mussten. Das furchtbare und nicht wiedergutzumachende Unrecht darf der Öffentlichkeit nicht verborgen bleiben. Viele entlassene Kameraden, die in der Sowjetischen Zone in Deutschland (der heutigen sogenannten Deutschen Demokratischen Republik) leben und ihre Angehörigen dort wissen, müssen leider schweigen. Sie können nicht die Wahrheit erzählen, denn sie möchten nicht wieder in die dunklen Keller der NKWD und in den Lagern „lebendig begraben" sein.

Ja, es gibt sogar welche, die sich von den Machthabern der sowjetisch lizenzierten Presse und vom Kommunistischen Rundfunk für ein Butterbrot kaufen lassen und ein Interview aus ihrer Gefangenschaft geben. Diese armen, meist aus Not dazu getriebenen Menschen erzählen in schönen Worten fast ein Paradies der Vergangenheit und vergessen die grauenhaften Tatsachen. Aber solche Elemente hat es immer gegeben und wird es immer wieder geben.

Ich möchte außerdem noch betonen, dass ich kein Politiker bin und früher wie heute keiner Partei angehöre. Ich bin auch kein Mensch von Übertreibungen, sondern ich möchte nur ganz nüchterne und klare Tatsachen aus meinen Erlebnissen in NKWD-Kellern und Lagern wiedergeben. Denn mein Schicksal, „in Deutschland vermisst zu sein", ist nicht einzig, es ist das Schicksal Zehntausender.

Im April 1950

I.
Zum Leben verurteilt

Verhaftung und NKWD-Keller: Brandenburg, Falkensee, Werder a. d. Havel

Es war ein regnerischer grauer Februartag, und in der kleinen Stadt bei Berlin, der mein Besuch galt, brannten bereits die Lichter. Die Uhr zeigte halb acht, als ein russischer Kapitän, eine Dolmetscherin und ein schmutziger Soldat mich verhafteten. Den Grund zur Verhaftung teilten sie mir nicht mit. Da ich mir keiner Schuld bewusst war und es für einen Irrtum hielt, ging ich mit. Mit einem Opel Olympia brachte man mich in eine kleine Villa am Rande der Stadt Brandenburg. Man erwartete mich bereits, und ein kleiner untersetzter Major bestaunte mich wie ein Weltwunder. Warum er und auch die anderen Genossen staunten, war mir später klar, als ich erfuhr, dass ich ein „großer amerikanischer Agent" sein sollte.

Es war Major *Fominka,* der Leiter der dortigen sowjetischen Spionageabwehr. Er rieb sich freudig die Hände, als er mich auf dem Stuhl vor sich sitzen sah. Plötzlich stand er auf und ging nach der Wand, wo ein alter Offizierssäbel von 1914/18 hing, und schlug mit demselben völlig unerwartet auf mich ein, dass es mir die Sprache verschlug. Warum er dies tat, ist mir bis heute noch nicht klar. Es ist vielleicht die übliche Begrüßung der sowjetischen Spionageabwehr. Als ich meine Prügel weghatte, musste ich alles aus meinen Taschen sowie meine Uhr, Ringe, Füllhalter, Brieftasche auf den Tisch legen. Gürtel und Sockenhalter wurden mir ebenfalls abgenommen, nur ein Taschentuch und merkwürdigerweise dreihundert Mark Papiergeld ließ man mir. Warum man mir die Geldscheine ohne Portemonnaie ließ, war mir später auch klar. Das Geld stahl mir nach einigen Tagen ein Wachsoldat. Nun brachte mich ein Soldat in den Keller. Ich erwartete eine Zelle, aber es war ein dunkler Raum. Kein Licht brannte, und als die Tür von draußen verriegelt wurde, stand ich im Finstern. Ich suchte nach einer Sitzgelegenheit und tastete die Wände ab und fand eine lange Holzkiste mit Stroh. Es war eine lange Holzkiste, worin Stroh lag. Müde ließ ich mich hineinfallen, und nun hämmerte es in meinem Gehirn unaufhörlich. Warum war ich eingesperrt? Es ist bestimmt ein Irrtum, und sicherlich wird es sich morgen aufklären. Mit diesen Gedanken tröstete ich mich und schlief nach Stunden ein.

Als ich wach wurde, drang bereits etwas Licht bei einem stark vergitterten Kellerfenster herein. Mich fror entsetzlich. Es war ja immerhin der 16. Februar, und später sah ich, dass das Fenster zur Hälfte ohne Scheiben war. Jetzt sah ich meine Behausung, eine ehemalige Waschküche. Als ich aufstand, huschte eine lange Ratte knapp an meinen Füßen vorbei und verschwand. An der Wasserleitung wusch ich mich mit kaltem Wasser. Neugierig betrachtete ich alles und nahm den Deckel vom Waschkessel hoch. Ein furchtbarer Gestank fuhr mir entgegen, ich hatte das WC gefunden. Kurz darauf polterte es an meiner Tür. Ein Posten brachte mir einen Teller Suppe sowie ein Stück Brot. Es ekelte mich vor dem Essen. Damals wusste ich noch nicht, was Hunger war. Drei Wochen später sollte ich ihn besonders kennen lernen. Vier Jahre lang war er mein ständiger Begleiter und bester Kamerad. Als derselbe Soldat mittags wieder mit Suppe und Brot kam, protestierte ich, endlich vorgeführt zu werden. Ich machte ihm klar: „Ich möchte den Offizier sprechen." Mit einem affenähnlichen Grinsen antwortete er in gebrochenem Deutsch: „Was du sprechen, du später noch viel sprechen", und er deutete auf den Teller: „Dort essen, gut essen", und lachend verschloss er die Tür. Furchtbar, dieses

Warten. In den ersten Tagen lief ich wie ein Löwe im Käfig umher, aber später legte ich mich apathisch in meine Strohkiste. Es kam wieder der Abend und damit die Finsternis. Tausend Gedanken gingen mir im Kopf umher, so auch Fluchtgedanken. Eingehend besah ich mir das Fenster und die Tür. Jedoch überlegte ich mir dann wieder: „Warum soll ich flüchten? Ich habe doch nichts getan, ich habe lediglich in der Stadt einen Besuch gemacht und blieb einige Tage. Wenn ich flüchte, glaubt man vielleicht, ich hätte wirklich Grund dazu." So verscheuchte ich diese Gedanken und legte mich wieder in die muffige Strohkiste. Wie lange ich gelegen habe, weiß ich nicht mehr, als plötzlich ein Wachsoldat laut meine Tür aufmachte und barsch zu mir sagte: „Nu, dawei, mitkommen!" Ich stand auf und folgte ihm. Als er mich in ein Zimmer brachte, das nach Parfüm und Zigarettenrauch roch, sah ich an der Wand eine Uhr, die halb zwölf abends zeigte. Ich konnte später feststellen, dass all meine Vernehmungen (es waren insgesamt sechsundvierzig Verhöre) um Mitternacht stattfanden. Meist spielte im Nebenzimmer überaus laut ein Radio, um die Vorgänge in den Vernehmungszimmern nach draußen zu vertuschen. Das Zimmer sowie all die anderen Vernehmungszimmer, die ich später in Falkensee und Werder sah, waren alle egal gleich eingerichtet. Ein Tisch, manchmal ein Schreibtisch, war mit einem grellroten Tuch bedeckt. Darauf lagen etwas Schreibpapier, Feder (denn alle Protokolle wurden handschriftlich in russischer Sprache geschrieben), Aschenbecher und eine Wasserkaraffe mit Gläsern. Die Wände waren voll mit den üblichen Plakaten von Väterchen Stalin, der manchmal gutmütig lächelnd dem Vernehmungsfiasko zusah. Vor mir saß der Kapitän, der mich verhaftet hatte. Seitlich in einem Klubsessel saß Major **Fominska**, der unaufhörlich auf den Teppich spuckte, und ihm gegenüber die Dolmetscherin *Anna*. Ich saß hinten an der Wand auf einem Stuhl. Die Hände musste ich auf meine Knie legen. Und nun ging der Zauber los, der sich zwanzig bis dreißig Mal in all meinen späteren Vernehmungen immer wiederholte: Name, Vorname, Vaters Vorname, Geburtsdatum, wo geboren, Beruf und kurzer Lebenslauf. Nachdem dies fast zwei Stunden gedauert und der Kapitän das sogenannte Vernehmungsprotokoll fein säuberlich geschrieben hatte, fing plötzlich der Major zu sprechen an. Er ließ mir über die Dolmetscherin Anna sagen: „Wir wissen genau, wer Sie sind [kein Kunststück, da ich ihnen meinen Lebenslauf erzählte] und was Sie hier machen." Nun kam er endlich auf den Punkt, der mir besonders am Herzen lag. Ich wollte ihm sagen, dass ich lediglich einen Besuch in der Stadt machte und sofort jederzeit beweisen könne, dass derselbe äußerst harmlos war. Er ließ mich nicht zu Worte kommen, sondern erklärte mir, sie hätten den Namen auf ihren Listen, ich wäre ein langgesuchter, gefährlicher amerikanischer Agent. Mir verschlug es förmlich die Sprache, und ich wollte herausplatzen, dass dies ein entsetzlicher Irrtum sei. Aber er sprach unentwegt weiter, sie würden meinen Auftrag kennen und ich möge ihnen ein umfassendes Geständnis über meinen Auftrag machen. Ich sollte ihnen ferner meine vorgesetzte amerikanische Dienststelle sagen und meine Verbindungsleute in der Ostzone und Berlin nennen. Im ersten Moment glaubte ich, das genau sei ein Spaß. Am liebsten hätte ich gelacht. Als ich aber ihre sadistischen, höhnisch lächelnden Gesichter sah, wusste ich, dass ich es mit unberechenbaren Menschen zu tun hatte, die zu allem fähig waren. Ich verneinte natürlich diese unsinnigen und völlig grundlosen Vorwürfe. Es nützte jedoch gar nichts. Alles, was ich für meine Entlastung vorbrachte, interessierte sie nicht, sondern für sie war es klar, ich bin ein Agent. Es würde ins Unendliche gehen, wenn ich hier all meine Vernehmungen niederschriebe. So will ich nur kurz ihre Art der Vernehmungen schildern und die furchtbaren Erlebnisse in den berüchtigten NKWD-Kellern.

Ich musste nun mein Protokoll unterschreiben, d. h. jede einzelne Seite am untersten Rand. Das Protokoll war handschriftlich in russischer Sprache unterschrieben und wurde mir von der Dolmetscherin lückenhaft und in schlechtem Deutsch übersetzt. Bei allen meinen Vernehmungen gab es keinen Dolmetscher, der ein richtiges Deutsch beherrschte. Fast alle Dolmetscher der NKWD waren Stümper und konnten mitunter die einfachsten Dinge nicht richtig übersetzen. Einmal sagte ich einem Offizier, der Deutsch konnte, man möchte mir einen Dolmetscher geben, der die deutsche Sprache beherrscht. Darauf antwortete der Offizier: „Was wir hören wollen, verstehen wir schon."

Bezeichnend war für die Situation 1945/46 folgende Tatsache: Als man mir immer wieder vorwarf, ich würde Spionage für die USA betreiben, wunderte ich mich sehr, dass der Russe dies annahm. Denn durch die Presse und Rundfunk wurde man damals so orientiert: Alle vier Siegermächte wären Alliierte. Daher sagte ich zu Major Fominska: „Entschuldigen Sie, Herr Major, aber ich dachte immer, Sie wären Alliierte?" Darauf verzog sich sein Gesicht zu einem höhnischen Grinsen, und in gebrochenem Deutsch erklärte er mir wortwörtlich: „Wir? – Alliierte, njet. Amerikanski, Englishki, Franzeski Alliierte. Wir Ruski njet, njet." Er spuckte dabei ein paar Mal kräftig auf den Perserteppich. Somit war mir also ihre Ansicht klar.

Der Posten brachte mich wieder in den Keller, und beim Hinuntergehen verabfolgte er mir einige Fußtritte, obwohl ich keinen Anlass gab. Ich konnte auch später feststellen, dass die Russen, wenn sie merkten, einen „Kapitalisten oder Imperialisten" vor sich zu haben, es genügte schon ein guter Anzug und Ledermantel, immer schlugen, um somit ihre Macht kundzutun.

Als ich wieder in meiner Waschküche war, brannte dort rotes Licht. Eine rote Birne war während meiner Abwesenheit eingeschraubt worden, offenbar gehörte dieselbe früher zur Rampenbeleuchtung des Stadttheaters. Das Licht durfte nicht abgedreht werden. Von da ab wusste ich, was es heißt, bei Licht zu schlafen. Vier Jahre musste ich nur bei Licht schlafen. In allen NKWD-Kellern und Lagern brannte Tag und Nacht Licht. Im Lager Buchenwald brannten Tag und Nacht circa 5000 Glühbirnen.

Wieder legte ich mich in die Strohkiste und deckte mich mit meinem Ledermantel zu. Es war sehr kalt, und ein frischer Wind blies beim Fenster herein. Plötzlich hörte ich ein Kratzen an meiner Zellentür. Gespannt horchte ich, und mit einem Satz sauste eine lange Ratte durch die Waschküche. Sie sprang auf den Waschkessel hinauf und versuchte dort hineinzukriechen. Da ich meinen Schuh nach ihr warf, verscheuchte ich sie. Der Posten muss das gehört haben. Er klopfte ans Fenster und stieß ein paar unartikulierte Laute, die üblichen dieser Steppenmenschen, aus. Ich versuchte einzuschlafen, um meine Gedanken auszuschalten. Aber erst nach einigen Stunden schlief ich ein.

Bei den nächsten Vernehmungen gab es wieder ein paar Mal Schläge, weil ich nicht eingestand, dass ich ein Agent sein soll. Nachdem ich drei Wochen im Keller gesessen hatte, unrasiert und schmutzig, wurde ich eines Nachts wieder geholt.

Ich hatte mich wieder auf Schläge vorbereitet und staunte, als der Major überaus freundlich war. Er bot mir Zigaretten und

Konfekt an. Zigaretten lehnte ich ab, nahm aber vom Konfekt, weil ich mächtigen Hunger hatte. Nun holte er noch eine Flasche Wodka aus dem Schreibtisch und goss mir und sich ein volles Mundglas ein. Ich musste das Glas austrinken, aber ich ermahnte mich sofort: Hier Vorsicht! Der Kapitän nahm Schreibpapier und wartete auf ein Zeichen des Majors. Die Dolmetscherin sagte plötzlich: „Der Herr Major gibt Ihnen eine große Chance." Ich war nun gespannt, was kam. Sie übersetzte mir, ob ich Lust hätte, für die Russen zu arbeiten, sie würden besser bezahlen als die Amerikaner usw. Sie machte mir die herrlichsten Versprechungen, aber ich verneinte sofort und erklärte klipp und klar: „Ich bin kein Agent, arbeite für niemanden und werde auch für keinen arbeiten." Der Kapitän schrieb unaufhörlich. Ihre Gesichter zeigten etwas Erstaunen, und der Major sprach länger mit dem Kapitän. Die Dolmetscherin erklärte mir dazwischen, ich wäre dumm, das Angebot abzulehnen, und müsste bestimmt nach Sibirien. Nun ja, das Wort Sibirien hat mich nicht erschreckt. Der Kapitän schrieb circa eine Viertelstunde und durfte dazwischen eine Papirossa rauchen. Als er fertig war, legte mir der Major das Protokoll vor. Er reichte mir die Feder zur Unterschrift. Selbstverständlich fragte ich, was darin steht.

Die Dolmetscherin antwortete: „Was wir besprochen haben." Nun hatte ich Bedenken, da ich die Russen mittlerweile kannte und wusste, dass sie zu allem fähig waren. Leider konnte ich nicht Russisch, und ich bat um eine genaue Übersetzung, denn ich muss ja schließlich wissen, was ich unterschreibe. Daraufhin wurde der Major zornig, und eine dicke Falte überzog seine brutale Stirn. Er fluchte: „Ibat dojo Matj" und andere gebräuchliche russische Schimpfworte. Die Dolmetscherin sagte: „Unterschreiben sollen Sie!" Ich bat wiederum um genaue Übersetzung. Die Dolmetscherin übersetzte dem Major meine Bitte, und plötzlich sprang der Major auf und schlug mir derart mit der Faust ins Gesicht, dass mir das Blut aus der Nase kam. Ich war entsetzt und erschrocken, der Kopf brummte mir. Die Dolmetscherin sprach weiter: „Sehen Sie, das haben Sie davon, unterschreiben Sie und erzürnen Sie nicht den Major!" Da der Major wieder ausholte, griff ich schnell nach dem Federhalter und unterschrieb die drei Seiten. Mir war im Moment alles egal, und dass die NKWD zu allem fähig ist, war mir nun klar. Ein wiederholtes Weigern hätte weitere Schläge bedeutet. Zufrieden zündete sich der Major wieder eine Papirossa an und bot mir auch eine an. Ich verneinte, da ich eine Stinkwut im Bauch hatte. Der Major rief nach dem Posten, und ich wurde wieder in den Keller gebracht. Diesmal ohne Fußtritte.

Die nächsten Tage wurde ich überhaupt nicht geholt, und ich studierte an der Wand die eingekratzten Striche meiner Vorgänger. So konnte ich feststellen, dass alle nicht über 30 Tage hier saßen. Furchtbar, das Warten und die Ungewissheit. Dazu kam nun auch der Hunger, denn zweimal am Tage ein halber Liter Kohlsuppe mit circa 400 Gramm Brot war zu wenig. Mir knurrte der Magen, und in der Nacht konnte ich vor Hunger kaum schlafen.

Es war ein Sonnabend, und ich wurde ausnahmsweise nachmittags geholt. Einige mir unbekannte Offiziere waren anwesend und „besahen" mich. Sie stellten einige Fragen und benahmen sich europäisch. Dies alles dauerte nur eine halbe Stunde. Die Offiziere gingen in ein anderes Zimmer, und ich war mit dem Major und der Dolmetscherin allein. Der Major war in glänzendster Laune, und ich hielt den Zeitpunkt für gekommen, meine Wünsche zu äußern. Ich sagte der Dolmetscherin, dass ich Hunger hätte, weil ich zu wenig zum Essen bekäme. Darauf fragte mich der Major, wie oft ich am Tage Essen bekäme. Als er erfuhr, dass ich nur zweimal Essen bekäme, übersetzte mir die Dolmetscherin, dass ich ab heute dreimal bekäme. Darüber war ich sehr froh und erlaubte mir noch eine Bitte. Im Zimmer sah ich einen Bücherschrank voller Bücher und bat darum, einige Bücher zum Lesen in den Keller mitzunehmen. Ich war erstaunt, als der Major sich einverstanden erklärte. Ich durfte mir sofort welche nehmen, und ich nahm ganz wahllos vier Bücher. Daraufhin wurde ich wieder abgeführt. Im Keller stürzte ich mich geradezu hungrig über auf die Bücher. Laut musste ich auflachen, als ich sah, dass ich das Buch „Der verratene Sozialismus" von Karl Albrecht in der Hand hielt. Ferner die „Geächteten" von Salomon, „Anilin" von Schenzinger und „Antonio Adverso" von Hervey Allen. Letzteres las ich übers Wochenende.

Montag früh kam unerwartet der Posten und sagte mir in gebrochenem Deutsch: „Nun komm, alles mitnehmen, dawei!" Ich war sehr erregt und hoffte insgeheim, nun ist es so weit. Schnell raffte ich meine paar Sachen zusammen, nahm auch die Bücher und ging nach oben. Als ich das Vernehmungszimmer betrat, sah ich auf dem Schreibtisch alle meine Sachen liegen, und das Blut schoss mir vor Freude hoch. Endlich werde ich entlassen. Also haben sie den Irrtum eingesehen. Der Major fragte mich, ob die Sachen alle mir gehören, was ich bejahte. Ich durfte sie einstecken. Meinen Füllhalter vermisste ich zwar, wollte aber nichts sagen, um so schnell wie möglich wegzukommen. Nachdem ich meinen Mantel angezogen und alles eingesteckt hatte, besahen der Major und die Dolmetscherin meine Bücher. Plötzlich zeigte er mir das Buch „Antonio Adverso" von Allen, welches ein amerikanischer Roman ist, und sagte in gebrochenem Deutsch: „Amerikanski Agent lesen amerikanski Buch", und er lachte. Fast hätte auch ich gelacht ob seiner absurden Denkweise, denn die Bücher hatte ich wahllos aus dem Schrank gegriffen. Nun wusste ich nicht, was kommen wird, und glaubte, dass ich vielleicht einen Entlassungsschein bekäme. Doch ich hatte mich getäuscht. Der Kapitän kam im Mantel herein und sagte: „Dawei, komm!" Ich glaubte fast zusammenzubrechen. In dem Moment war alle meine Hoffnung auf Entlassung vorbei. Im Opel Olympia musste ich auf dem Rücksitz Platz nehmen. Ein Soldat mit Maschinenpistole saß neben mir, vorn neben dem Chauffeur saß der Kapitän.

Nun konnte ich wieder die Freiheit sehen. Es war Anfang März, und leichter Schnee fiel auf die nasse Erde. Die Straßen waren schmutzig und glitschig. Wir fuhren in toller Fahrt von Brandenburg nach Falkensee bei Spandau, 12 km von Berlin entfernt. Ein Schlagbaum ging hoch, und wir waren inmitten einer russischen Siedlung. Vor einer Villa wurde gehalten, und der Kapitän ging hinein. Ich saß nun mit den beiden Muschiks allein im Wagen, und der Chauffeur fragte sofort, ob ich eine Uri hätte. Jawohl, ich hatte eine, eine Schweizer mit 18 Steinen. Er sagte mir in gutem Deutsch: „Komm, tausche mit mir die Uhr; wo du jetzt hingehst, Kamerad, zap-za-rap." Ich überlegte nicht lange und gab sie ihm, und er gab mir seine ganz alte, früher 10-Mark-Uhr. Nun winkte der Kapitän, und mein Wachsoldat brachte mich in die Küche der Villa. Dort saßen vier oder fünf Soldaten und bestaunten mich. Ein Sergeant nahm mir wieder alles ab und untersuchte mich genauestens, ob ich auch kein Messer oder Nagel bei mir hatte. Nackt stand ich vor ihm. Nachdem ich mich wieder angezogen hatte, brachte er mich in einen Keller. Hier konnte ich auf den ersten Blick feststellen, dass hier alles organisierter war. Ich schätzte circa 10 bis 12 Zellen. Ich kam gleich in die erste und oh weh, kein Ausblick. Das Fenster war mit einem Brett vernagelt und stark vergittert. Eine Lampe brannte Tag und Nacht. Eine Holzpritsche mit zwei stinkenden Decken sowie ein Hocker waren das gesamte Inventar. In einer Ecke stand ein Drei-Liter-Suppentopf mit Pappdeckel, den ich als WC benutzen musste. Die Zelle war circa 5 Meter lang und 3 Meter breit. Die Wände waren alle vollgekratzt, und ich zählte bei einem, der P. A. hieß, 75 Striche. Entsetzlich – 75 Tage hier sein, ganz unmöglich. Damals wusste ich noch nicht, dass ich insgesamt 134 Tage im Keller sitzen würde. Meine erste Frage an einen Soldaten war: „Wann gibt es Essen?" Der griente gutmütig und sagte: „Drei Mal am Tage." Darüber war ich etwas beruhigt. Aber meine Beruhigung war eine Enttäuschung. Es gab wohl drei Mal Essen, aber was? Frühmorgens eine Untertasse voll Kartoffeln und ein Stück Brot im Gewicht von 150 Gramm. Mittags einen halben Liter Kohlsuppe und ein Stück Brot, abends um 9.00–10.00 Uhr, manchmal auch erst um 12.00 Uhr Mitternacht einen halben Liter Grütze, Kartoffelreste, Erbsen und sonstiges Übriggebliebenes, aber in ganz geringen Mengen. Ab und zu auch ein Stück Brot. Der Hunger war also geblieben, nur der Ort hatte sich geändert. Manchmal lief ich stundenlang im Kreise, bis mir schwindlig wurde. Hernach legte ich mich auf die Pritsche. In Falkensee durfte man liegen. Das war auch das einzige Plus. Da ich nicht mehr wusste, wie ich die Zeit totschlagen sollte, riss ich mir einige Knöpfe aus meinem Anzug und spielte „Fußball" auf der Pritsche, wie wir es als Kinder in Wien auf der Schule taten. Manchmal fing ich mir auch Ameisen, die beim Fenster hereinkrochen, und ließ sie von einer dicken Spinne fangen. Die Spinne fing geschickt die kleinen Ameisen und verwickelte sie in ihrem Netz. Zwei Monate später habe ich dasselbe mir Läusen gemacht.

Es war auch in Falkensee, nur in einem anderen Keller, wo ich mir im Stroh Läuse holte. Die Ameisen packten die Läuse und schleppten sie in ihren Bau. Diesem Spiel habe ich tagelang mit tödlicher Langeweile zugesehen. Auch besuchte mich regelmäßig eine kleine braune Feldmaus und machte am Fenster ihre Männchen. Leider hatte ich kein Brot, denn die Krümel aß ich selbst aus Hunger.

Als ich vier Tage in meinem neuen Quartier war, wurde ich eines Abends geholt. Sehr gespannt war ich auf die Vernehmung. Ein großer blonder Kapitän saß hinter dem Schreibtisch, und über ihm hing das Bild von Lenin. Auf einem Stuhl an der hinteren Wand musste ich Platz nehmen, und über mir hing Väterchen Stalin. In einem Sessel saß eine Dolmetscherin mit sehr schönen langen Zöpfen, ihre Lippen waren etwas zu stark geschminkt, und sie trug reinseidene Strümpfe. Die Beine waren nicht unschön, und sie verstand auch damit bei „ihrem Kapitän" zu kokettieren. Mit einem Taschenmesser reinigte sie sich ihre Fingernägel und übersetzte fleißig. Anfangs immer dasselbe: Name, Vorname, Vaters Vorname, Geburtsdatum usw. Plötzlich kam ein kleinerer Kapitän herein. Später erfuhr ich, dass es Kapitän *Malzoff*, der Vertreter des dicken Dienststellenleiters Oberst *Suworof*, war. Er unterhielt sich mit meinem Vernehmungsoffizier. Plötzlich sagte er in sehr gutem Deutsch zu mir: „So, du bist also der amerikanische Agent." Ich war höchst erstaunt und verneinte sofort, daraufhin beugte er sich über meinen Akt und sagte: „Aber hier steht doch." Er nahm ein Blatt und zeigte es mir: „Ist das deine Unterschrift?" Ich erkannte sie und bejahte. „Nun also, du hast unterschrieben, dass du ein amerikanischer Agent bist, warum lügst du jetzt?" Und nun platzte ich heraus, dass ich zwar unterschrieben hätte, aber mir ganz was anderes gesagt wurde. Dass ich auch Schläge bekam, weil ich nicht unterschreiben wollte, und ich berichtete das Vorgefallene. Aber meine Worte machten auf sie keinen Eindruck. Sie lachten und schüttelten die Köpfe. Die Dolmetscherin übersetzte mir, sollte ich nicht die ganze Wahrheit sagen, würde ich lange sitzen. Man drohte mir sogar mit einem Ofen. Sie sagte mir, hier in diesem Hause wäre ein großer Ofen und da käme ich hinein. Ich erschrak im ersten Moment und dachte an Hitzewellen, welche die NKWD besaß. Ein bekanntes Mittel, wo sie versuchten, Geständnisse zu erwirken. Diese Zellen werden bis zu 80 Grad erhitzt und bis zu 5 Grad minus unterkühlt. Da ich immer wieder die Anschuldigungen zurückwies, läutete plötzlich der Kapitän, und ein Posten kam, derselbe brachte mich wieder in meine Zelle. Wieder verging eine Woche.

In der Zeit konnte ich feststellen, dass im Keller alle Zellen besetzt waren. Die Leute wurden fast ausschließlich in der Nacht zur Vernehmung geholt. Unterhalten konnte ich mich mit keinem, da dauernd eine Wache im Keller saß. Von meinem Guckloch aus beobachtete ich oft stundenlang die Wachen. Nur durften sie es nicht merken, denn sonst gab es Schläge. Waschgelegenheit war keine vorhanden. Ich hatte alle zwei Tage die Möglichkeit, mein WC im Hof auszuleeren. Das dauerte jedoch keine fünf Minuten, aber es war mein sogenannter Frischluftfang. Dazu war ein enormes Postenaufgebot im Hofe aufgestellt. Somit war eine Flucht so gut wie ausgeschlossen.

Eines Morgens kam plötzlich schon um sechs Uhr früh ein Soldat in meine Zelle und stellte eine Schüssel Wasser auf den Hocker, dazu legte er ein Stück Seife und Handtuch. Ich war sehr erfreut darüber und wollte sofort meine Wäsche beginnen, bekam aber gleich einen Schlag auf meine Hände. In gebrochenem Deutsch sagte er: „Njet, nix waschen, verstehen?" Ich sagte: „Jawohl", aber was das bedeutete, verstand ich wirklich nicht. Zwei Stunden später wusste ich, was es war. Die Tür wurde aufgeschlossen, und ein dicker General besichtigte die Zelle im Gefolge von Kapitän Malzoff und anderen Offizieren. Sie sprachen miteinander, und ich konnte das Wort „Amerikanski Agent" auffangen. Der dicke General drehte sich aber schnell um und war verschwunden. Wahrscheinlich war ihm die Luft zu schlecht. Es war kaum eine halbe Stunde vergangen, als der Posten wiederkam und die Waschschüssel, Handtuch und Seife wegholte. Über dieses Potemkin'sche Dorf musste ich lachen.

Am selben Abend wurde ich wieder zur Vernehmung geholt und von einem mir bis jetzt unbekannten Major vernommen. Es war ein dicker, graumelierter und gut lächelnder Major. Diesmal ein Dolmetscher, der ebenfalls sehr schlecht Deutsch sprach. Seine Fragen waren dieselben wie die seiner Vorgänger und meine Antworten die gleichen. Ich konnte ja nur immer wieder meine Unschuld beteuern und dass ich niemals in amerikanischen Diensten stand. Er drohte mir mit Sibirien und Erschießung, wenn ich nicht die Wahrheit sage. So gutmütig er auch aussah, so schnell konnte er seine Maske ändern, und mit einem Satz war er bei mir. Er zog eine kleine Pistole aus der Tasche und setzte mir den Lauf ins Genick. Das kalte Eisen erschreckte mich nicht, sondern ich musste insgeheim lachen und an frühere Räuberromane denken, die ich als Kind las. Als er merkte, dass dieses Manöver wenig Eindruck auf mich machte, steckte er die Pistole ein und zog ein Zigarettenetui aus der Tasche. Er bot mir auch eine an. Ich rauchte sie, und mir wurde fast schwindlig. Ein ausgehungerter Körper verträgt kein Nikotin. Er sah wohl ein, dass ich eine ziemlich „harte Nuss" zum

Knacken war, und gab es auf. Ein Posten brachte mich wieder in meine Zelle, müde und apathisch legte ich mich auf meine Pritsche.

Am nächsten Morgen war Stellungswechsel. Ich musste mit allen Sachen mitkommen, und in einem PKW brachte man mich in eine andere Villa. Diesmal hatte ich Glück. Ich bekam eine Zelle, die früher den Kohlenkeller darstellte. Sie war sechs Meter lang und fast sechs Meter breit. Heizungsrohre der Zentralheizung gingen durch diesen Raum, und es war verhältnismäßig warm. Leider war auch das Fenster stark vergittert, und eine dicke Zementplatte stand davor. Ich konnte nur an den beiden Seitenschlitzen Tageslicht sehen und auf einen Garten hinausblicken. Wie ich später erfuhr, war es die Ringpromenade in Falkensee. Ich machte mir mit einem Stück Draht wieder einen Kalender in die Mauer und kratzte den 20. März, meinen dreiunddreißigsten Tag im Keller, ein. Diese „Buchführung" stimmte genau und war meine erste Arbeit am Morgen nach dem Erwachen.

In einer Ecke lagen ein großer Haufen Stroh und sogar ein Kissen. Auch hatte ich Glück, denn eine Wasserleitung zierte den Raum. Leider fehlte eine Abflussvorrichtung. Ein großer Eimer mit circa 15 Liter Inhalt stand in einer Ecke und war bis oben heran voll. Es war das WC. Er stank bestialisch, und ich entschloss mich, das gefundene Kopfkissen zu „opfern" und es als Deckel zu benutzen. In diesem Keller waren keine Wachen. Das Essen kam wie immer unpünktlich und malo, malo, d. h. wenig. Ja, manchmal vergaß der Posten am Abend oder Morgen das Essen zu bringen. Ich konnte an so einem Abend vor Hunger nicht einschlafen und machte mich bemerkbar. Der Posten, der dauernd um das Haus spazierte, kam an mein Fenster, und ich berichtete, dass ich kein Essen bekommen und viel Hunger hätte. Er hatte wahrscheinlich Mitleid. Er griff in seine Tasche und reichte mir einen Kanten Brot herein. Dabei legte er seinen Zeigefinger auf seinen Mund, als wollte er damit sagen: „Erzähle es keinem!" Ich werde ihn nicht vergessen, den jungen Nikolai aus Wladiwostok. Er hatte ein Herz und war der einzige Russe, der mir sympathisch war. Wenn Sonntag niemand in der Villa war, stand er meist an meinem Fenster und unterhielt sich mit mir. Ich war sehr glücklich darüber. Denn es gibt nichts Schlimmeres, als monatelang allein in einer Zelle zu sein, kein Tageslicht, keine Abwechslung, nichts zum Lesen und obendrein immer der fürchterliche Hunger. Er versuchte dann meist mich zu trösten und erklärte mir, ich würde bestimmt bald entlassen zur Mutter. Er selbst war 20 Jahre alt und auch schon vier Jahre von zu Hause weg. Ich fragte ihn, ob er glücklich war, er sagte mir: „Ja, es ist schön in Deutschland, aber auch in Russland ist es schön." Er erzählte mir u. a.: „Alle Russen sind reich, denn ihnen gehört alles. Alles gehört dem sowjetischen Staat und somit alles dem Volk. Alles, was ich sehe, die großen Fabriken, die Untergrundbahn und die Prachtbauten in Moskau, alles gehört auch mir." Darüber musste ich sehr lachen und sagte zu ihm: „Aber dann bist du ja reich, Nikolai, und wieso gehört alles dir?" Seine Antwort war: „Weil in Russland alles uns gehört, dem Volk und somit auch mir." Nun ja, er hatte seine eigene Weltanschauung und war noch sehr jung.

Die erste Nacht schlief ich sehr gut und besser als in meinem vorigen Quartier. Am nächsten Morgen untersuchte ich eingehend auch das Stroh und fand einen Lippenstift sowie ein Damenstrumpfband. Dass Frauen hier waren, wusste ich von der Wand, wo ein Mädchen seine Berliner Adresse eingekratzt hatte. Mit dem

Lippenstift malte ich an die Mauer aus Zeitvertreib allerhand Blödsinn, was mir später eine Ohrfeige des Sergeanten einbrachte.

Nach einer Woche wurde ich eines Abends wieder geholt. Es war wieder ein anderer Kapitän. Eine Dolmetscherin, die sehr schlecht Deutsch sprach. Ich fragte nun den Kapitän, wie lange ich noch sitzen müsse. Er lächelte und ließ mir sagen: bis ich die Wahrheit sagen würde. Er machte Notizen und stellte Fragen über meine frühere Tätigkeit, Schulbildung und Zugehörigkeit zur deutschen Wehrmacht. Er wollte mir einreden, dass ich damals im Kriege schon für Amerika gearbeitet hätte. Ich lachte nur über dieses dumme Ansinnen, hätte es aber nicht tun sollen, denn er wurde sehr zornig. Nach dieser Vernehmung wurde ich wieder in den Keller geführt, und zwei Tage hatte ich meine Ruhe. Dann kam eine unruhige Zeit, Nacht für Nacht wurde ich nach oben geholt, und ich hatte schon immer Angst, wenn der Posten mit dem Schlüssel klirrte. Die Vernehmungen waren immer wieder dieselben, manchmal gab es Schläge, und ich beteuerte meine Unschuld.

Es war eine meiner letzten Vernehmungen, als mir Kapitän Malzoff sagte, wenn ich die volle Wahrheit nicht sagte, würde ich noch Monate sitzen. Er hatte recht. Es kam eine furchtbare Geduldsprobe.
    Eines Abends, es war ein Sonnabend, wurde wieder ein Stellungswechsel vorgenommen. Mit einem DKW wurde ich nach einer anderen Villa gebracht. Es war in der Voss-Straße in Falkensee. Die Villa gehörte früher einem Zahnarzt. Die Zellen im Keller waren alle erst neu hergerichtet und frisch verputzt. Es waren insgesamt sechs Zellen, und ich kam in die letzte. Sie war circa 4 Meter lang und 4 Meter breit. Eine große Pritsche, für vier Mann gedacht, war eingebaut. Vor dem Fenster befand sich ein Lichtschacht. Gott sei

Dank, ich hatte Tageslicht. Leider sah ich aber nur den blauen Himmel. Der Fußboden war aus Zement, und in einer Ecke stand das gewohnte WC. Leider wieder ohne Deckel. Da schon die wärmere Jahreszeit kam, „opferte" ich dafür meinen Winterpullover und deckte damit den Eimer zu. Und nun wurde ich im wahrsten Sinne des Wortes „aufs Eis" gelegt. Hier saß ich bis 8. Juli. Insgesamt 134 Tage allein in Einzelhaft. Diese Zelle hatte den Nachteil, wenn es regnete, kam Grundwasser. Es stieg manchmal bis 5 und 6 cm hoch. Ich flüchtete an solchen Tagen auf meine Pritsche. Später konnte ich mit einer Müllschippe das Wasser in den Eimer schütten, wenigstens eine produktive Arbeit. Bislang war ich noch immer unrasiert, und ich sah aus wie der leibhaftige Rübezahl. Schmutzige Wäsche, Läuse und Flöhe gehörten zu mir. Mein dauerndes Bitten um Waschen, Wäschewechsel und Entlausung war immer ergebnislos. In diesem Keller muss ich mir ein Rheuma zugezogen haben, denn zwei Jahre später im Lager hatte ich furchtbares Rheuma. Ich glaubte fest, dass man mich vergessen hatte. Volle zwei Monate keine Vernehmung.

Eines Tages kam plötzlich wieder eine „Besichtigung". Es war ein Oberleutnant mit silbernen Schulterstücken, wahrscheinlich aus dem Sanitätsdienst. Er fragte mich, wie lange ich schon hier sei, und ich erzählte es ihm. An diesem Tag wurde ich noch nach oben geholt, und eine russische Friseuse schnitt mir meinen Bart im Badezimmer ab. Die Wachsoldaten amüsierten sich höllisch dabei. Ich durfte mich auch waschen und, welch ein Wunder, meine Wäsche wechseln. Wie neu geboren betrat ich wieder meine Zelle und war noch geblendet von dem herrlichen Anblick der Freiheit. Ich konnte vom Badezimmer aus die grünen Wiesen, Blumen und die vollen Kirschbäume sehen. Als ich eingesperrt wurde, war Winter gewesen, und jetzt war Sommeranfang.

Zwei Tage später wurde ich wieder zur Vernehmung geholt. Diesmal war es Oberst **Suworof** höchstpersönlich. Auch Kapitän **Malzoff** war dabei. Ich fragte, wie lange ich noch sitzen solle, ich ginge in dem Keller unweigerlich zugrunde. Man sollte mir lieber einen Strick geben, und so manches bekamen sie zu hören. Mir war in diesem Moment alles egal. Aber beide lachten nur, und Malzoff sagte mir, ich sollte mir nicht das Leben nehmen, denn ich würde einmal wieder Gelegenheit haben, meine Frau zu … Dieses Wort möchte ich mir ersparen. Es war in Falkensee meine letzte Vernehmung, der 8. Juli kam und somit der Abschied von Falkensee. Wiederum bekam ich meine Sachen ausgehändigt. Diesmal glaubte ich an keine Entlassung mehr, als ich einen BMW-Wagen vor der Villa sah.

Es war ein herrlicher Sommertag, als wir von Falkensee nach Werder an der Havel fuhren. Gierig sog ich die frische Luft in dem offenen Wagen ein und bewunderte die Mutter Natur in ihrer Sommerpracht. Die goldenen Weizenfelder und die vollen Obstbäume erblickte ich mit stiller Sehnsucht. Die Menschen, die frei herumliefen, beneidete ich, und furchtbar ist mir diese Fahrt in Erinnerung. Kapitän Malzoff saß am Steuer, Oberst Suworof neben ihm, und bei mir hinten saß ein Soldat. Einer gegenüber drei Personen, eine Flucht wäre mein sicherer Tod gewesen. Wir fuhren an der Havel vorbei, auf derselben zogen Schlepperkähne die Wasserstraße entlang, und braungebrannte, glückliche freie Menschen lagen darauf. Ich selbst sah mich im Autorückspiegel und stellte entsetzt mein blasses Aussehen fest. In Werder hielten wir vor einem großen Gebäude in der Eisenbahnstraße. Diese ganze Straße war von den Russen besetzt und mit Schlagbäumen abgegrenzt. Der Oberst und der Kapitän betraten das Haus, und ich musste noch im Wagen sitzen bleiben. Dieses Haus wurde streng bewacht. Ich erblickte die Kellerfenster und sah, dass sie alle vergittert waren und zum Teil zugemauert und mit Holz verschlagen. Der Kapitän holte mich, lächelnd und höhnisch meinte er, hier würde ich vor der Gerechtigkeit meine Sünden eingestehen können. Ich machte mich auf das Schlimmste gefasst. Noch einmal warf ich einen Blick nach dem blauen Himmel, wer weiß, wann ich ihn wiedersehen würde. Der Posten bemerkte dies und gab mir einen heftigen Stoß weiterzugehen. Ich wurde durch das Haus geführt, quer über einen Hof, in ein Hinterhaus. Dort hinauf in den ersten Stock. Ein Sergeant empfing mich, und ich musste wieder alles abgeben. Nackt ausgezogen wurde ich genauestens untersucht, und Mantel, Rock, Hose und Wäsche bekam ich zurück. Dann kam ich in den Keller.

Nun kam der furchtbarste Anblick meines Lebens. Ich werde niemals dieses Kellergewölbe und seine vergangenen Schicksale vergessen. Ich sah, dass hier alles sehr streng bewacht war. Im Keller waren insgesamt acht Zellen, wie ich später erfuhr. Davon sechs Untersuchungszellen und eine Todeszelle, wo die zum Tode Verurteilten saßen. Die Todeszelle konnte ich später sehen. Es war eine ständige Wache im Keller, und die einzelnen Zellenschlüssel befanden sich beim Wachoffizier. Die Posten konnten selbstständig keine Tür aufschließen, nur der Wachoffizier hatte die Möglichkeit aufzuschließen. Derselbe holte auch die Häftlinge zu den Vernehmungen und Tribunalen, die im Hause stattfanden. Ich kam in die Zelle Nr. 6. In den ganzen Keller kam kein Funken Tageslicht herein. Tag und Nacht brannten die Birnen. Von der Sonne geblendet war ich noch, als ich in die Zelle Nr. 6 hineingestoßen wurde. Niemals werde ich diesen Anblick vergessen. Es war ein sehr großer Raum, und der Fußboden des sogenannten Kellergewölbes war zur Hälfte mit Stroh bedeckt. Im Hintergrund an der Wand saßen sieben Gestalten. Im ersten Moment dachte ich, es wäre ein Spuk. Nun sah ich, dass es wirkliche Menschen waren. Die Gesichter waren fahl, hohlwangig und mit fürchterlichen Bärten bedeckt. Teilweise, da es sehr warm war, saßen sie ohne Hemden, und ihre Körper zeigten nur ein Rippengebilde mit Haut. Argwöhnisch betrachteten sie mich, und es fiel kein Wort. Ich wollte sprechen und sie begrüßen, wurde aber sofort von einem jungen Mann darauf aufmerksam gemacht, dass hier das Sprechen sehr streng verboten ist. Er legte einen Finger auf seinen Mund und deutete mir an, dass ich auch Platz nehmen soll. Ich setzte mich als Achter an die rechte Seitenwand neben ihm. Im Flüsterton sagte er mir, ich solle noch eine Stunde schweigen, nachher käme ein anderer Wachposten, der nicht so genau guckte. Ich konnte nun die Tür sehen, die ein großes rundes Loch in der Mitte hatte. Da guckte immer ein halbaffenähnliches Gesicht herein und schimpfte, wenn sich einer rührte. Wenn derselbe lachte, sah ich nur Gold, denn seine vorderen Zähne bestanden nur aus Gold. Über der Tür war eine grelle Lampe angebracht, die einem auf Dauer in den Augen wehtat. Hier saßen Menschen bereits über 100 Tage. Im ersten Moment dachte ich an den Roman „Der Graf von Monte Christo", das Kellermilieu ähnelte sich. Als die Stunde vorbei war und der andere Posten kam, ging ein leises Flüstern los. Die „Eingesessenen" fragten mich, von wo ich käme, wer ich sei und wie lange ich schon säße. Ich war glücklich darüber, dass ich mich nun endlich unterhalten konnte und deutsche Menschen vor mir hatte. Auf meine Fragen, wie lange sie schon hier säßen, zeigten sie mit dem Finger die Zahl der Monate. Der eine sechs, der andere vier, drei, im Durchschnitt vier bis fünf Monate. Nur mein Nachbar machte eine Ausnahme. Es war ein junger Bursche aus Oranienburg bei Berlin, der schon elf Monate hier saß, allerdings in anderen Zellen, wie er mir erzählte. Auf ihr Schicksal näher einzugehen würde Bände sprechen. Ich will nur erwähnen, dass der Älteste 67 Jahre war, ein Professor der Botanik aus Berlin, und der Jüngste 19 Jahre, ein Heimkehrer aus englischer Kriegsgefangenschaft, der sofort in seinem Heimatort von der NKWD verhaftet wurde. Sie erzählten mir, dass es zweimal Essen gebe, am Morgen 500 Gramm Brot und eine rostige Konservenbüchse voll Grütze, nachmittags um 3.00 Uhr eine Kohl- oder Erbsensuppe und abends etwas schwach gesüßten Tee. Beim Essen hatten die Soldaten ihre eigene Methode, sie brachten das Essen sehr heiß, und man musste es förmlich hinunterschlingen, denn ein paar Minuten später holten sie die Büchsen wieder ab. Wenn man also nicht schnell genug war, konnte es passieren, dass man nicht fertig wurde und trotz Hunger die halbe Büchse wieder zurückgeben musste. Ich verbrannte mir regelmäßig die Zunge, und mein Magen schmerzte. Die anderen waren schon daran gewöhnt, sie schluckten es förmlich unter den Zurufen der Posten: „Dawei – kuschait – dawai!" Der Professor war ganz schlau: Wenn es dicke Grütze gab, leerte er dieselbe in seinen Hut und aß hinterher in aller Ruhe. Da er keinen Löffel mehr hatte, denn der musste ja in der Büchse sein, nahm er seine Finger. Mich ekelte, und ich hätte es trotz des Hungers nicht gekonnt. Ab 10.00 Uhr abends durfte man schlafen, und um 6.00 Uhr früh wurde geweckt. Einen ganzen Tag musste man ruhig auf der Stelle sitzen und durfte mit niemandem sprechen. Trotz des Lärms in der Nacht, denn da waren die Vernehmungen, schlief ich wie ein Toter. Ein großer Kübel mit 20 Liter Inhalt stand in der Ecke, und man konnte sein kleines Geschäft dort tätigen. Wasser zum Waschen gab es nicht. Wir alle hatten Läuse, und tagsüber gehörte es zu den liebsten Beschäftigungen, das Läusesuchen. An der Mauer wurden sie geknackt, und dieselbe sah auch danach aus. Meinen „Kalender" konnte ich nicht mehr führen, denn hier war das Bekratzen der Wände sehr streng verboten. Mein Nachbar erzählte mir, dass er schon einmal vor dem Tribunal stand und dass in diesem Haus laufend Verurteilungen stattfänden. Insgeheim war mir klar, dass sie keinen Grund hatten, mich zu verurteilen – aber die Russen, sie waren zu allem fähig. Er erzählte mir, dass er später freigesprochen wurde und schon wieder zwei Monate hier saß. Auf eine Entlassung hoffte er nicht. Ich selbst hatte die Hoffnung noch nicht aufgegeben, sah sie aber langsam dahinschwinden. Er meinte, wir würden alle früher oder später in einem Lager landen und dort verrecken. Nach vier Tagen Aufenthalt war ich „eingeweiht". Ich erfuhr auch, dass die Sowjets jetzt besonders scharf bewachten, da in der Todeszelle Nr. 1 ein Ausbruchsversuch gemacht worden war.

Die Verhöre waren nur in der Nacht, manchmal hörte man herzzerreißende Schreie, darunter waren auch Frauenstimmen zu vernehmen. Zwischen 18.00 und 20.00 Uhr war meistens Tribunal. Die Leute wurden aufgerufen und kamen später in die Verurteiltenzelle. Sie mussten an unserer Zelle vorbeigehen. An diesem Tage wurde ein Werkmeister aus Dresden aus unserer Zelle zum Tribunal geholt. Mit einem stillen Blick verabschiedete er sich, und nach einer Stunde, als er an unserer Zelle vorbeigeführt wurde, hustete er dreimal. Dies bedeutete 15 Jahre. Da ich bislang noch keinen „Paragrafen", so hieß dort die Anklageschrift, hatte, war ich etwas beruhigt.

Einmal am Tage durften wir in den Hof, aber nicht zum Spazierengehen, wie es in den Gefängnissen früher üblich war. Im Hof befand sich nämlich eine Latrine, und dort musste man auch wieder sehr schnell sein. Die Posten hatten ihren größten Spaß und standen mit geladenen Maschinenpistolen vor uns, „Dawai – Kamerad – dawai", ging es dauernd, und man hatte nicht einmal hierzu Ruhe. Als ich meinen jungen Freund fragte, warum die eine Seitenwand dauernd mit Kalk bespritzt wurde, es war eine Mauerwand an der linken Seite der Latrine, sagte er mir, damit man die Blutspritzer nicht sähe. Er erzählte mir, dass hier die Erschießungen stattfänden.

Mich gruselte vor dem Anblick, und ich sah nie mehr nach der Wand.

Nach einer Woche wurde ich plötzlich um Mitternacht zur Vernehmung geholt. Es war meine vorletzte. Ein Leutnant, ein Oberleutnant und ein Kapitän vernahmen mich. Der Leutnant machte den Dolmetscher, und wie es sich später herausstellte, war derselbe der gefürchtetste Schläger. Die Beschuldigungen blieben dieselben, und ich beteuerte immer wieder, dass ich kein Spion sei und niemals als solcher gearbeitet hätte. Als sie sahen, dass sie keinen Erfolg hatten, gab es Schläge, die Gott sei Dank meine letzten waren. Der Leutnant schlug derart auf mich ein, dass mir ganz flau wurde und ich die Besinnung verlor. Ich spürte plötzlich kaltes Wasser und Fußtritte und merkte, dass ich auf dem Fußboden lag. Zwei Posten schleppten mich in den Keller. In der Zelle brach ich zusammen. Mein junger Freund zog mich ins Stroh und verband eine Wunde mit einem Stück von meinem Hemd. Am nächsten Morgen tat mir alles weh, und ich konnte kaum sitzen und wand mich vor Schmerzen. Die Kameraden meinten, ich sei nicht der Einzige, denn dasselbe hatten sie bis jetzt mit allen gemacht. Am nächsten Tag kamen zwei Russen dazu, es waren zwei ehemalige Wlassow-Soldaten, die auf ihre 25 Jahre mit Geduld warteten.

Nach genau einer Woche wurde ich plötzlich Sonnabendnachmittag geholt. Ein Major saß über meinen Akt gebeugt, und eine Dolmetscherin guckte gelangweilt beim Fenster hinaus. Er fragte mich unter anderem, wie lange ich schon saß. Als er erfuhr, dass ich fast sechs Monate saß, sagte er, wenn ich nicht die Wahrheit sagte, würde ich noch sechs Monate sitzen. Ich war entsetzt. Hier in diesem Keller noch sechs Monate, da würde ich sicher zugrunde gehen. Das würde ich nicht aushalten. Er merkte, dass seine Worte Wirkung zeigten. Trotzdem beteuerte ich, dass ich unschuldig sei, und wies alle Beschuldigungen entschieden zurück. Er klingelte nach einem Posten und schlug die Akte zu. Er machte auf dem Aktendeckel einige Notizen, und heute weiß ich, dass ich damals

„ZUM LEBEN VERURTEILT"

wurde. Mein Schicksal war besiegelt.

Zwei Tage später musste ich all meine Sachen mitnehmen, und ein Oberleutnant und ein Soldat brachten mich weg. Wieder sah ich die Freiheit. Wir fuhren mit einer Limousine von Werder über Treuenbrietzen an der schönen Lutherstadt Wittenberg vorbei, nach Torgau. In Torgau war ein großes Lager. Nun war mir alles klar. Hier sollte ich eingeliefert werden. Der Oberleutnant ging mit meinem Akt, den er unterm Arm trug, ins Verwaltungsgebäude hinein, und ich wartete mit dem Chauffeur und Soldaten im Wagen. Es dauerte fast eine Stunde. Missgelaunt kam er zurück und, welche Überraschung, wir fuhren denselben Weg nach Werder wieder zurück. In Werder angekommen, musste ich eine halbe Stunde auf der Wache warten und wurde nachher in die Zelle 1, die Todeszelle, geführt. Mich schauderte, als ich allein in der Zelle saß, aber ich beruhigte mich insgeheim, da ich ja nicht verurteilt war. Man hatte mich hierhergebracht, damit ich nicht mehr mit den anderen in Berührung käme. Ich hatte unbändigen Durst. Ich klopfte, und der Posten fragte nach. Auf meine Bitte nach Wodka hielt er einen Schnabeltopf beim Türloch herein, und gierig trank ich das kühle Nass. Die Todeszelle war besonders stark vergittert. Hier saßen zum Tode verurteilte Menschen 30 Tage lang und mussten auf die Urteilsbestätigung von Moskau warten. Nach dem Abendgebrüll oder Zapfenstreich legte ich mich müde ins schmutzige Stroh. In dieser Nacht hatte ich grausige Träume. Am Vormittag des nächsten Tages wurde ich wieder geholt, und mit demselben Oberleutnant und Soldaten fuhr ich Richtung Autobahn nach Berlin. Berlin war vorbei, und es fing zu regnen an. Nun konnte ich die Richtung sehen, es ging nach Fürstenwalde a. d. Spree. Von dort fuhren wir nach dem Lager Ketschendorf bei Fürstenwalde. Dort brauchte ich nur eine halbe Stunde zu warten, und diesmal kam lächelnd der Offizier zurück und sagte: „Komm, dawai."

Ich ging mit ihm durch das äußere Lagertor vorbei an der Bäckerei, vorbei an Magazinen und Wohnhäusern zum eigentlichen Lagereingang. In einem Zimmer neben der Wache musste ich mich ausziehen. Eine russische Ärztin untersuchte mich nach ansteckenden Krankheiten. Wäsche und Kleider ließ man mir, sonst wurde mir auch alles abgenommen. Für meine Ringe und Uhren durfte ich quittieren, und es blieb auch bei der Quittung. Ich habe sie nie mehr gesehen. Ich werde nie das Datum vergessen, es war der 1. August 1946, als ich das berüchtigte Lager betrat.

II.
Lebendig begraben

Lager Ketschendorf

Erleichtert atmete ich auf, als ich diesmal ohne russische Wache von einem deutschen Posten der deutschen internen Lagerverwaltung zum Bad gebracht wurde. Dort wurde ich entlaust, und zu meinem Schreck wurden mir alle Haare abrasiert. Mit kahlgeschorenem Kopf und frisch gebadet nach sechs Monaten wurde ich in das Haus 10, die Aufnahmequarantäne, gebracht. Als ich wieder die Lagerstraße entlangging, sah ich, dass viele Tausend Menschen um und in ihren Häusern herumliefen. Auffallend viele Jugendliche waren dabei. Rechts der Lagerstraße waren viele kleine Häuser, die besonders abgezäunt waren. Es war das Frauenlager. Als ich in der Quarantäne ankam, wurde ich von einem deutschen Arzt untersucht, und anschließend bekam ich eine Stube zugewiesen. In dieser sogenannten Quarantäne musste man drei Wochen bleiben, und nachher wurde man einem Zug zugeteilt. Ich war glücklich, endlich aus der Hölle heraus zu sein und Tageslicht sowie blauen Himmel unbeschränkt zu sehen. Endlich konnte ich mich wieder mit deutschen Menschen unterhalten und das furchtbare Schicksal mit ihnen teilen.

Wenn ich das ganze Leid und die traurigen Erlebnisse in der vergangenen Lagerzeit von vier Jahren niederschreiben würde, benötigte ich Bände. Es ist mir unmöglich, alles zu schildern und so zu berichten, wie die furchtbare Wirklichkeit war. Kein und nicht der beste Romanschriftsteller kann dieses Erlebte in den Farben und Nuancen schildern, wie ich sie leuchten sah. Ich will deshalb in nüchterner klarer Erzählung ohne Übertreibung die Erlebnisse bringen, die ich niemals vergessen werde.

Das Lager Ketschendorf bei Fürstenwalde war früher eine Arbeitersiedlung. Die Häuser wurden 1935/1936 erbaut und 1945 von den Russen beschlagnahmt. Es waren insgesamt zehn große Wohnhäuser und acht kleine sogenannte Zweifamilien-Beamtenhäuser mit Bad. Inventar war so gut wie keines vorhanden. Die Russen hatten alles aus der Siedlung herausgeholt. Die Häftlinge schliefen bis 1946 auf dem nackten Fußboden, in einem Zimmer, wo früher ein oder zwei Personen schliefen, mussten dreißig und manchmal noch mehr Menschen schlafen. Die Häuser waren im Durchschnitt alle überbelegt, so dass bereits die Kellerräume bewohnt waren. Im Keller wurden lediglich Holzbretter auf den Zementfußboden gelegt, und darauf schliefen die Menschen. Von Kameraden, die im Winter 1945 schon im Lager waren, ließ ich mir sagen, dass monatelang keine Heizung vorhanden war. Als ich in das Lager kam, gab es täglich Folgendes zum Essen: frühmorgens Kaffee oder Tee, dazu 600 Gramm Brot und 20 Gramm Zucker, mittags einen Liter Grützesuppe und abends auch einen Liter Grütze. In der Suppe waren 15 Gramm Fleisch und 3 Gramm Fett. Das Fleisch bestand aber in der Hauptsache aus Knochen, Innereien und Kopffleisch. Seit Bestehen des Lagers vom Mai 1945 bis Mitte August 1946 gab es kein Gramm Gemüse, also kein Gramm Vitamine. Im Lager herrschte der sogenannte „weiße Tod". Besonders die Jugendlichen wurden arg davon gepackt. Als ich in das Lager kam, verstarben täglich circa 30 Menschen, davon waren die Hälfte Jugendliche.

Im Haus 1 und 2 befanden sich nur Jugendliche, die Häuser 3 und 4 gehörten zum Lazarett. Das Lazarett war am äußersten Ende des Lagers und hatte vier Baracken. Die Häuser 5, 6, 7, 8, 9 waren Unterkunftshäuser. Das Haus 10 war die Aufnahmequarantäne.

Im Haus 11 befanden sich die Ausländer und degradierte Russen sowie die deutsche Lagerverwaltung. Im Haus 12 und 13 waren die sogenannten Arbeitskommandos, Handwerker, Schneider, Bäcker und Köche, untergebracht, und Haus 14 war auch mit „gewöhnlichen" Häftlingen belegt. Die Häuser 15, 16, 17 und 18 waren das Frauenlager.

Was mir im Lager besonders auffiel, waren die vielen Jugendlichen. 1946 gab es im Lager circa 2.000 Jugendliche im Alter von 12 bis 18 Jahren. Der Jüngste war 9 Jahre alt. Der kleine Karli, so wurde er genannt. Alle diese Kinder waren fast ausschließlich wegen Werwolfverdacht eingesperrt, obwohl sie den Namen Werwolf lediglich von der Goebbel'schen Propagandamaschine her kannten. Ihre Häuser waren katastrophal überbelegt, so dass sie zu 40 Personen in einem Zimmer schliefen. Es war ein schrecklicher Anblick, wenn man an diesen Häusern vorbeiging. Nie mehr werde ich den weißen Tod in Ketschendorf vergessen. Ich sah Hunderte Jugendliche mit kahlgeschorenem Kopf sowie hohlen Wangen in ihren Häusern, die wieder extra mit Stacheldraht umgeben waren, herumschleichen. Ihre Augen blickten einem müde und ausdruckslos entgegen, und ihre Beine waren rot und blau aufgedunsen. Alle diese Jugendlichen waren vom „weißen Tod" befallen. An ihren Körpern zeigte mir einmal ein Arzt Hunderte von Furunkeln. Derselbe Arzt erklärte mir, dass die Jugendlichen bereits über 15 Monate tagein und tagaus nur Grütze bekamen. Die ekelhafte weiße Grütze. Kein Gramm Gemüse, d. h. kein Gramm Vitamine. Sie wurden mit Kohlenhydraten bewusst überfüttert, und es war eine der brutalsten Methoden der NKWD zur Dezimierung von Menschen. Die Auswirkungen waren furchtbar. Tausende Menschen starben nur allein daran. Am 7. August

1946 gab es zum ersten Mal etwas Gemüse. Ich höre heute noch die Freudenschreie der Jugendlichen und sehe die gierigen Augen, als die ersten Autos mit Gemüse zur Lagerküche fuhren. Die Lagerküche befand sich inmitten des Lagers.

Nach drei Wochen konnte ich die Quarantäne verlassen, und ich wurde dem Zug 11 im Hause 11 zugeteilt. Als ich dort ankam, dachte ich im ersten Moment, ich wäre auf einem internationalen Treffen. Da ich Österreicher bin, verfügte der Politische Offizier Leutnant **Konstantino** meine Einweisung zum Ausländerzug. In diesem Hause waren so ziemlich alle Nationen vertreten, Franzosen, Holländer, Belgier, Amerikaner, Italiener, Inder, Schweizer, Ungarn, Tschechen, Rumänen, Jugoslawen, Griechen, Spanier, Polen und Russen. Unter den Russen befanden sich viele Emigranten, die die Sowjets in Deutschland eruiert hatten. Außerdem russische Deserteure und ehemalige Wlassoangehörige. Ein sehr buntes Völkergemisch fand ich vor. Ich wohnte mit vierzehn Kameraden in einer kleinen Stube im dritten Stock, und unsere Verständigungssprache war die deutsche. Ich konnte feststellen, dass die Sowjets gegen jeden internationalen Rechtsbegriff 1945 und 1946 viele Ausländer, auch Angehörige neutraler Staaten sowie der Siegermächte, grundlos verhaftet hatten. Was waren dies nun für Menschen? In der Hauptsache Intellektuelle, die beim Kriegsende gerade in Deutschland waren. Verhaftet wurden sie ausschließlich wegen Spionageverdacht. Kein Ausländer konnte nach seiner Verhaftung mit seiner Repatriierungskommission oder zuständigen Militärmission in Verbindung treten. Nach Feststellung des unbegründeten Spionageverdachtes wurden sie in das Internierungslager abgeschoben. Ihre Erlebnisse in den NKWD-Kellern waren so ziemlich dieselben wie die meinen. Ein französischer ehemaliger Kolonial-Offizier erzählte mir, dass im NKWD-Keller Ingenheim in Potsdam auch die Methode der Hunger war. Dort gab es nur Wassersuppen aus Kartoffelschalen, der Unterschied bestand darin, dass sie in Ingenheim aus dem besten Porzellan aus Schloss Sanssouci mit dem Fridericus-Rex-Wappen ihre Wassersuppe schlürften, während wir aus rostigen Konservenbüchsen aßen. Unter den Ausländern waren sehr intelligente Menschen, wie z. B. ein französischer Professor und Schriftsteller Regnard, ferner Journalisten, Ärzte und sonstige Akademiker. Tagelang tauschten wir unsere Vergangenheit aus und hofften doch alle früher oder später lebendig aus diesem Elend herauszukommen.

Im Lager gab es unter anderem folgende Kategorien Häftlinge: Parteigenossen, Angehörige verschiedener Gliederungen der NSDAP, SS und Polizei, Abwehrbeauftragte, Volkssturm, Werwölfe und Spione. Von den Letzteren gab es sehr viele. Ich hätte nie geglaubt, dass es auf der Welt so viele Spione gibt, wie ich allein in den Lagern sah. Nun ja, ich bin ja auch einer „geworden".

Nach einigen Wochen sah ich zum ersten Mal unseren Lagerkommandanten. Es war Major **Andrejew.** Ein sehr dicker und aufgedunsener Offizier, der, wie mir ein Russe erzählte, bereits seit 1922 Lagerkommandant bei der NKWD war und mit seinen Lagern am Stalinkanal baute. Er war früher Schuster und stammte aus der Ukraine. Dieser Mensch hatte Zehntausende deutsche Männer und Jugendliche auf seinem Gewissen. Er war auch wahrscheinlich der Initiator des „weißen Todes" in Ketschendorf. In Begleitung war sein politischer Offizier, ein Kapitän. Wir nannten ihn den „Koteletten-Emil". Er hatte nämlich dunkles Haar und lange Koteletten. Derselbe kannte im Lager nur Huren, das Frauenlager hieß bei ihm nur Hurenlager. Besonders gefürchtet war der russische Kommandant des Lagerinneren, Leutnant *Lomoff*. Derselbe war der schlimmste Sadist, der mir in meinem Leben unterkam. Er schlug die Menschen grundlos, mitunter zum Krüppel. Einen Wiener Kameraden schlug er mit dem Stuhl derart, dass der linke Arm gebrochen war und der Stuhl entzweiging. Die Ärztin war eine unansehnliche Frau im Leutnantsrang namens *Alewa,* wir nannten sie die „Ringelnatter". Sie war eine Deutschenhasserin und giftig wie eine Schlange, außerdem war sie grundhässlich und hatte fürchterliche O-Beine. Ihre Vorgängerin war eine ältere Frau im Kapitänsrang namens *Kapowa*, sie rauchte Pfeife und war ein Mannweib. Wenn sie ins Lazarett ging, gab es meistens Schläge fürs Personal. Mit einem Stock traktierte sie die Sanitäter und schlug auf sie ein. Für sie war es sicherlich ein Vergnügen.

Das Lazarett war sehr primitiv eingerichtet. Was halfen die vielen und guten deutschen Ärzte, die als Häftlinge in Ketschendorf waren, wenn keine Medikamente, Verbandszeug, Instrumente vorhanden waren! Alle Krankheiten wurden damals mit einem Ziegelstein „geheilt". Meistens verlief der „Heilungsprozess" tödlich. Damals musste z. B. eine durch Phlegmone herbeigeführte dringende Amputation mit einem Küchenmesser durchgeführt werden. Die hauptsächlichen Todesursachen in den ersten Jahren waren die Ruhr, Typhus und Ödeme. Später folgte die Dystrophie, und in den letzten Jahren wütete die Tuberkulose. 1949 hatte im Lager Buchenwald fast jeder Zweite Tbc.

Im Lager war das Gefürchtetste die Bunker-Haft. Damit war Essensentzug verbunden, der mitunter den Tod bedeuten konnte. Ich bekam selbst einmal drei Tage Bunker, da ich einen unerlaubten Gegenstand besaß. Es war eine Zigarette. Zu den unerlaubten Gegenständen im Lager gehörte fast alles, was ein Häftling braucht. Ein Bleistift, jede Art Papier, eine Sicherheitsnadel, Nähnadel, ein Nagel oder Draht, Glasscherben, Spiegel, Messer, Streichhölzer, Bücher, eine Nagelfeile, Schere und anderes. Mitunter waren auch Zahnbürsten verboten. Wer mit einem verbotenen Gegenstand erwischt wurde, kam unweigerlich in den Bunker. Der Bunker war im Haus 11 der Keller. Als ich hineinmusste, sah ich viele ausgehungerte Menschen, die bis zu 40 und 60 Tagen Arrest hatten. Es gab täglich nur 200 Gramm Brot und jeden dritten Tag einmal eine warme Suppe. Viele Jugendliche und ältere Männer starben im Bunker, d. h. sie verhungerten im wahrsten Sinne des Wortes. Man musste auf dem nackten Zementboden ohne Decke schlafen, und im Winter war nicht geheizt. Viele Kameraden holten sich in den Wintermonaten im Bunker Frost in den Gliedern. Ich war froh, als mein dritter Tag herum war, und mit knurrendem Magen stürzte ich mich auf die erste Mittagssuppe. Zur Strafe reichte mitunter der geringste Anlass. Leutnant **Lommoff** sprach sie mit sadistischer Freude aus, denn er wusste, welche Qualen bevorstanden.

Die Beerdigungen in den Lagern waren das Pietätloseste, was bislang in der Geschichte der Menschheit vorkam. Die Sterbezahl war in den ersten Jahren sehr groß. Dreißig, vierzig, sogar fünfzig Menschen starben anfangs täglich. Im Lager Ketschendorf verstarben vom 15. Mai 1945 bis 24. Januar 1947 siebentausendfünfhundertneunzig Menschen. Die Toten wurden in der ersten Zeit bei Wind, Sturm und sonstigem Wetter vom Leichenkommando in Decken und Zeltplanen zu den Massengräbern gebracht und dort zu Hunderten in große Löcher geschüttet. Die Posten hatten meist ihren Spaß dabei, wenn eine oder zwei tote Frauen darunter waren. Derselbe Posten ordnete an, dass zuerst eine Frau in die Grube geschmissen wurde und darauf ein Mann. Bauch auf Bauch, dabei griente dieses Halbaffengesicht und sagte: „Nu gut, Mann und Frau ...". 1946 wurden die Toten auf einem großen Lastwagen, von Pferden gezogen, ins Massengrab gefahren. Die Toten lagen nackt wie Zementsäcke auf dem Wagen. Am Loch wurde der Wagen gekippt, und die Masse rutschte hinunter. Später pflanzten die Russen Jungbäumchen über die Massengräber, um nach außen hin dieses „Katyn" zu vertuschen. Außerdem wurde viel Chlor in die Löcher geschüttet, damit die Körper schnell zerfressen wurden.

Und nun zum Frauenlager. Das Sprechen mit Frauen durch den Zaun war mit schwersten Strafen verbunden. Man sah die Frauen wie ein fleißiges Bienenvolk in ihren Häusern. Es waren auch kleine Babys und Kinder vorhanden. Diese armen Würmer hatten keine Milch, Nährmittel, Obst und Dinge, die ein Kind unbedingt benötigt. Sie mussten genauso ihre Grütze und Brot essen. Wir nannten das Brot im Lager „G.P.U.-Kuchen". Ich hatte niemals in meinem Leben das Brot mehr schätzen gelernt als im Lager. Es war die einzige feste und kompakte Nahrung. Im Lager befanden sich circa 800 Frauen. Angefangen vom 16-jährigen Backfisch bis zur Großmutter mit 70 Jahren. Frauen aus allen Schichten und Kategorien, darunter waren auch einige Ausländerinnen. Selbstverständlich auch wegen „Spionageverdacht". Es gab mitunter ganze Familien, die im Lager waren, auch ihnen war das Sprechen untereinander verboten. Es kam also vor, dass Mann und Frau im selben Lager waren und drei bis vier Jahre niemals miteinander sprechen durften. Höchstens sehen konnten sie sich über den Zaun.

Es kam der 4. November 1946. Ich werde auch diesen Tag nicht vergessen. Heute sehe ich noch die erstaunten Gesichter meiner Kameraden, als die Brotholer am frühen Morgen mit der Hälfte der uns zustehenden Menge ankamen. Ab 4. November wurden alle Zuteilungen um 50 % gekürzt. Obwohl wir schon vorher nicht satt geworden waren, bedeutete die Kürzung fürchterlichen Hunger. Die Stimmung im Lager war verheerend. Die Anordnung kam von der sowjetischen Administration aus Karlshorst. Wahrscheinlich gab es noch zu viele Internierte, und die Dezimierung ging zu langsam vorwärts. Es gab also ab diesem Tage frühmorgens nur 300 Gramm Brot, 10 Gramm Zucker, mittags eine Grützesuppe von einem Dreiviertelliter. Dazu kam noch die kalte Jahreszeit und sehr wenig Heizmaterial, sodass die Sterblichkeitsziffer rapide anstieg. Die Gesamtkalorienzahl betrug damals keine 1.300. In dieser Zeit warteten wir von Mahlzeit zu Mahlzeit und saßen in den Stuben. Es gab eine Zeit, wo man ausschließlich in Gesprächen der Kameraden nur Kochrezepte und vom Essen hörte. Am schlimmsten war es in den deutschen Zügen. Von früh bis abends sprachen die armen Menschen von früheren Zeiten und erzählten stundenlang, wie und was sie früher gegessen hatten. Kochrezepte konnte man zu Hunderten hören, all das war das Produkt einer furchtbaren Hungerpsychose. Die Ärzte berechneten, wenn dies so weiterginge, würden in einem Jahr nur noch wenige leben. Erschüttert stellte ich täglich fest, dass ich mehr und mehr abnahm. Ich wurde zusehends schwächer, und die Rippen waren bereits gut zu sehen. Mein Körper zehrte die letzten Reserven auf.

Zu dieser Zeit mussten wir außerdem zum Abendappell bei strenger Kälte bis zu einer halben Stunde stehen. Wir froren erbärmlich, da die meisten keine vernünftige Wäsche mehr hatten. Socken hatten wir fast alle keine. Wir trugen alte Lappen um die Beine, und viele Kameraden hatten nicht einmal einen Mantel. Die Sergeanten, die den Appell abnahmen, kamen mit Absicht immer später und ließen uns mitunter bis zu einer Stunde im Winter stehen. Nachher kamen wir vollkommen ausgefroren in unsere Zimmer, und das bisschen Suppe im Magen war bereits verdaut. Vor Hunger konnte man kaum einschlafen. Ich schlief meist vor Schwäche ein.

Nun kam meine erste Weihnachtszeit im Lager. Es packte mich sehr, denn Weihnachten war für mich immer mein schönstes Fest. Wir durften ja nichts Weihnachtliches besitzen, und Weihnachtslieder-Singen war streng verboten. Tannenreisig, Kerzen, Lametta oder sonst etwas, was einen an die Weihnachtszeit erinnerte, waren bei Bunkerstrafe verboten. Am Heiligabend durften wir besonders lange beim Appell stehen. Ich weiß nicht mehr, ob mir die Tränen damals vor Kälte kamen oder weil ich die Weihnachtsglocken von der nahen Stadt Fürstenwalde hörte. Bim-bam, bim-bam, ich wusste, nun wurde es Weihnachten. Es war ganz still auf unserer Stube, wir saßen alle stumm auf unseren Pritschen, und jeder war wohl in Gedanken bei seinen Lieben zu Hause. Viele der Familienväter und Großväter hatten nasse Augen. Ab 10 Uhr durften wir schlafen, und ich legte mich auf meine Pritsche, schloss die Augen und dachte an zu Hause. Ich sah zu Hause den leuchtenden Weihnachtsbaum, darunter die roten Äpfel, goldene Nüsse und sonstige Leckereien. Ich sah die Menschen um Mitternacht mit Fackeln in der Hand durch den tiefen Schnee zur Christmette gehen und hörte leise „Stille Nacht, heilige Nacht" ...

Ich war froh, als die Feiertage vorbei waren und das neue Jahr 1947 kam. Wir wünschten uns zu Silvester Gesundheit und recht baldige Heimkehr. Das neue Jahr kam, und weitere schwere Zeiten standen mir bevor. Mit dem neuen Jahr kam auch eine Broterhöhung von 300 auf 400 Gramm pro Tag. Nun ja, besser als gar nichts. Im Januar kamen allerhand Veränderungen. Ein Transport mit Russen ging nach der Sowjetunion. Ferner wurden 400 arbeitsfähige Männer mit Transport Richtung Osten geschickt. Im Lager munkelte man von Entlassungen. Die Entlassungsparolen überstürzten sich förmlich, und die Optimisten waren obenauf. Ich war zwar pessimistisch, aber die Hoffnung auf Entlassung gab ich dennoch nicht auf. Insgeheim rechnete ich mit vier bis fünf Jahren. Schon damals war das Jahr 1950 meine große Hoffnung.

Mitte Januar wurden wir alle überraschend von einer Kapitänsärztin „besichtigt", d. h. wir wurden auf unseren Körperzustand geprüft. Außerdem sah ich zum ersten Mal den Inspekteur aller Konzentrationslager in der Sowjetischen Zone in Deutschland, Oberst **Dr. Katz.** Ein sehr dicker und stattlicher Russe. Später konnte ich denselben in Mühlberg und Buchenwald öfter sehen. Wir nannten ihn den „Spitzbart". Er trug nämlich einen Spitzbart und war wohl in allen NKWD-Lagern bekannt. Man sprach im Lager, dass Listen angefertigt werden und alles auf eine Auflösung hindeutete. Die tollsten Parolen kursierten. Die meisten glaubten an eine Entlassung. Es war der 20. Januar, als ein unsagbarer Lärm aus dem Frauenlager herüberkam. Wir erfuhren, dass die Frauen den Befehl zu „packen" bekamen, und 90 % aller Häftlinge glaubten nun den Zeitpunkt der Entlassung als gekommen. Wir konnten vom Dachfenster aus beobachten, dass ein langer Güterzug mit geschlossenen Viehwaggons am Bahnhof Ketschendorf einfuhr, und nun war mir alles klar. Transport, hundertprozentiger Transport. Die Sowjets begannen damals viele Lager aufzulösen und sammelten die Überlebenden in anderen großen Lagern. Damals gab es nicht weniger als 14 große Konzentrationslager in der Sowjetischen Zone in Deutschland. Die Frauen wurden verladen, und der Zug fuhr nachmittags ab.

Am selben Abend bekamen wir noch den Befehl zum Packen, und das ganze Lager glich einem Bienenhaus. Es war mein erster Transport, und ich versuche diesen annähernd so zu schildern, wie grausam er in Wirklichkeit war. Es hatte damals durchschnittlich in der Nacht bis zu minus 20 Grad Kälte. Unser Zug wurde noch gegen späten Abend aufgerufen, und wir wurden in die sogenannte Schleuse geführt, dort empfing uns das „Filzkommando", das uns genau nach verbotenen Gegenständen untersuchte. Anschließend wurden wir nach Überprüfung der Personalien und Lagernummer zu 50 Mann nach dem Transportzug gebracht. Ein riesiges Aufgebot von Soldaten war aufgestellt, und wir marschierten förmlich durch ein Spalier. Wie ich später erfuhr, gibt es für Transporte bei der NKWD eine eigene Spezialtruppe, diese Truppe bestand aus Offizieren und Mannschaften, die nur Häftlingstransporte und Bewachungen durchführten. Ich konnte feststellen, dass sie ihr Fach gut beherrschten und gedrillt waren. Zu diesem Kommando gehörten Dutzende von Wachhunden.

Es war stockfinster, als wir in den Viehwagen einsteigen mussten. 50 Mann, grauenhaft, wenn ich noch an diese Stunden denke. Liegen war unmöglich, man konnte kaum sitzen. Stroh war keines vorhanden, und es war stockfinster. Die Posten drängten uns mit „Dawai-dawai" wie Vieh in die Wagen. In der Mitte war ein rundes Loch, welches unten vergittert war, es war das WC. In diesem Wagen fuhren wir volle vier Tage und vier Nächte bei grimmiger Kälte von Ketschendorf über Cottbus, Riesa nach dem Lager Mühlberg an der Elbe in Sachsen. Stundenlang standen wir auf Abstellgleisen und Güterbahnhöfen. Ich war froh, als sich am nächsten Morgen der Zug in Bewegung setzte. Schlafen konnte man nicht, denn alle Glieder schmerzten. Dazu der leere Magen und der entsetzliche Hunger. Durch die vier vergitterten Oberlichtluken drang der kommende Tag herein. Als der Zug hielt, war es nach meiner Schätzung Mittag. Ich hörte plötzlich, dass Türen aufgemacht wurden, und unser erster Gedanke war: „Fütterung". Meine Finger waren ganz steif vor Kälte, und ich hoffte auf heißen Kaffee, leider hatte ich mich getäuscht, die Soldaten schmissen uns circa zehn Brote herein und in einer Schüssel etwas Zucker. Schnell verriegelten sie wieder die Tür. Ich erwartete jetzt einen Tumult und Kampf ums Brot. Aber wir alle waren sehr diszipliniert, und der Wagenälteste zählte erst die Brote. Es waren für jeden 400 Gramm gedacht. Nun kam das Problem, wir hatten kein Messer, weder Waage noch sonst ein Instrument. Nur der Magen knurrte unentwegt. Einer fand plötzlich ein Stück Holz zum Messen. Der Wagenälteste, ein Pole, maß genau das Brot, brach es mit der Hand in einigermaßen gleiche Teile. Wir verschlangen förmlich das Brot, und jeder bekam noch einen Teelöffel voll Zucker. Dasselbe wiederholte sich am 2. und 3. Tag. Als wir endlich am vierten Tag am Bahnhof Burcksdorf bei Mühlberg ankamen, waren wir alle geschwächt. Das dauernde

Sitzen und Nichtschlafen, das bisschen Brot zum Essen und die schreckliche Kälte machten uns weich. Mancher starb auf diesem Transport. Jeden Morgen begannen die Russen ihre „Knüppelei", sie schlugen mit langen Knüppeln die Wände und das Dach des Waggons ab, um festzustellen, ob irgendwie ein Brett gelockert wurde. Es war ein derartiger Lärm, dass einem beinahe Hören und Sehen verging.

Als die Türen wieder geöffnet wurden, sah ich Winterlandschaft vor mir. Alle meine Glieder taten mir weh, und ich war vollkommen steif und ausgefroren. Wir mussten nun herausklettern und uns zu Zehnerreihen aufstellen. Von ferne konnte man bereits durch eine Waldschneise das Lager Mühlberg sehen. In der ganzen Umgebung sah man keinen Menschen. Die Sowjets hatten vorsorglich alles abgesperrt, damit kein Unbefugter den Elendszug sehen konnte. Unser Transport war 1.100 Mann stark. Davon wurden unterwegs vier Tote verscharrt und in Burckdorf 16 Tote ausgeladen. Hunderte hatten sich eine Pleuritis oder eine Lungenentzündung geholt und verstarben kurz darauf im Lager Mühlberg. Ich selbst hatte Glück und wurde nicht krank. Mit starkem Begleitkommando marschierten wir nach dem Lager. Langsam, müde und geschwächt schleppten wir uns förmlich zum Lager Mühlberg. Mancher brach zusammen und wurde auf ein nachfahrendes Auto aufgeladen. Das Lager war sehr groß, es war ein riesiges Barackenlager und zu Hitlers Zeiten ein Kriegsgefangenen-Stammlager (StaLag). Es hatte circa 50 Baracken, wo durchschnittlich bis zu 200 Menschen Platz hatten. Vor dem Lager mussten wir noch drei Stunden in der Kälte warten, und wir froren erbärmlich. Wiederum brachen viele zusammen, und man ließ die armen Menschen einfach im Schnee liegen. Einige starben sogar. Endlich war es so weit, die Tore gingen auf, und wir mussten in Zehnerreihen ins Lager marschieren. Neugierig erblickten wir unsere neue Stätte des Elends. Es war der 24. Januar 1947.

Lager Mühlberg

In der Mitte des Lagers war die große Lagerstraße. Rechts und links davon lagen jeweils 25 Baracken. Die Alteingesessenen guckten neugierig aus ihren Fenstern heraus und bestaunten uns Neuangekommene. Für sie war es eine große Überraschung, denn von einem ankommenden Transport wussten sie alle nichts. Da im Lager seit Tagen kein Gramm Kohle vorhanden war, blickten die Leute sehnsüchtig nach dem Bahnhof, da ein Kohlenzug angemeldet war. Als unser Zug einlief, ging es sofort durchs Lager: „Die Kohlen kommen!" Die Kohlen sind gekommen, nur in Form von Menschen. Der deutsche Kommandant namens **Haller,** ein willenloses Werkzeug der Russen und schlimmes Subjekt, sagte: „Mir wäre lieber, es wären Kohlen gekommen als ihr Krüppel." Das war seine Begrüßung. Auf diesen deutschen Menschenfreund und guten Kameraden werde ich noch zurückkommen. Wir kamen zu 250 Mann in die Baracke 34a in der 3. Zone.

Das Lager Mühlberg hatte sechs Zonen. Die erste war die Handwerker-Zone, die zweite und dritte war mit Arbeitskommandos belegt, in der vierten Zone waren die beiden Küchen und das Frauenlager, die fünfte Zone war nur mit Dystrophikern, den allgemein Unterernährten, Invaliden und sonstigen nicht arbeitsfähigen Menschen belegt. Die sechste Zone war das Lazarett. Es bestand aus vier Steinbaracken. Ein Jahr später nahm Tbc derart zu, dass die gesamte fünfte Zone noch Lazarett wurde und nur aus Tbc-Überwachungs- und Beobachtungsstationen bestand.

In der Baracke angekommen, forderten wir unser uns zustehendes Essen, da wir an diesem Tage noch nichts bekommen hatten. Das wurde auch zugesagt, und wir bekamen gleich 400 Gramm Brot und einen Liter heiße Suppe. Die Verpflegungssätze waren hier genauso wie in Ketschendorf, außer der Abendsuppe, dieselbe bestand nur aus einem halben Liter. Der Hunger blieb, nur der Ort war ein anderer. Der deutsche Lagerkommandant Haller besuchte uns Neuangekommene, er lief in einem Pelzmantel und in Stiefeln umher, schimpfte ununterbrochen auf seine Kameraden und nannte sie die Nazischweine. Er vergaß dabei, dass er selbst eines war, denn er war früher zur Nazizeit Lagerkommandant in einem Ausländerlager im Warthegau gewesen. Trotzdem verstand er es, sich bei den Russen lieb Kind zu machen, und war ein braver Jawohlsager. Er verurteilte deutsche Häftlinge bis zu drei Wochen Arrest aus geringstem Vergehen. Haller hatte eine Lagerpolizei aufgezogen, die schlimmer als die Gestapo war. Eine sogenannte Geheimpolizei mit Hunderten von Spitzeln arbeitete für ihn und wurde von ihm mit Brot und Suppe bezahlt. Man musste jedes Wort auf die Goldwaage legen, bevor man es aussprach. Außerdem wusste man nie, wie viele Spitzel in der Baracke waren und Kameraden, die sich leider für ein Stück Brot verkauften. Solche Spitzel hatte auch die NKWD. Sie gingen zum Politischen Offizier und erstatteten Bericht, dafür bekamen sie Zigaretten und Brot. Meist waren sie bekannt, aber man konnte gegen sie nichts unternehmen. Der Spitzelapparat war derart gut organisiert, und viele harmlos schwätzende Kameraden wurden Opfer dieser Einrichtung. Die Baracke 13 war die sogenannte Isolier-Baracke. Da waren die armen Opfer der Denunzianten drin und saßen mitunter bis zu einem Jahr.

In meiner Baracke war es furchtbar kalt. Es gab bei 20 bis 30 Grad Kälte wochenlang kein Heizmaterial. Bis zu 250 Menschen mussten wir in der Baracke schlafen, die aus einem Raum bestand. Früher waren einmal Zwischenwände, dieselben wurden in den ersten Jahren sowie auch die Fußbodenbretter verheizt. Daher gab es in diesen Baracken keinen Fußboden. Er bestand aus Ziegelsteinen oder bloßer Erde. Es gab keine Betten, wir schliefen fest aneinandergepresst (35 cm Breite für jeden Mann) auf bloßen Holzbrettern. Stroh war in den ersten Monaten nicht vorhanden. In diesen Ställen war noch nicht einmal eine Zwischendecke im Barackendach. Vor Kälte traute man sich abends nicht schlafen zu gehen. Die dünne Decke, welche man besaß, nützte wenig, um sich warm zu halten. Die Barackenwände waren dauernd mit einer Eiskruste überzogen. Dass natürlich unter solchen unmenschlichen Methoden die Sterbezahl hoch war, lässt sich wohl erraten.

Die höchste Sterbezahl war im Februar, als 85 Mann an einem Tag starben. Eine kleine Begebenheit, die ich von einem Kameraden, der dem Beerdigungskommando in Mühlberg angehörte, erfuhr. Jeden Morgen zwischen 5 und 6 Uhr wurden die Toten vom Beerdigungskommando aus dem Lager hinaus zum Massengrab getragen. Bei Wind, Kälte und Schneesturm marschierte das B-Kommando die Lagerstraße bis zum Haupttor entlang. Dies geschah so früh, damit die Kameraden in den Baracken den „Toten-Marsch" nicht sehen. Als sich der Zug dem Lagertor näherte, stand dort ein nach Parfüm riechender Wachoffizier. Er fragte den Kommandoführer: „Nu, wie viel Krokodile heute?" (Mit den Krokodilen meinte der Offizier die Toten.) Der Kommandoführer antwortete: „Sechsundvierzig, Herr Leutnant!" Da verzog sich sein Gesicht zu einer finsteren Grimasse, und verächtlich spuckte er aus, indem er sagte:

„Ibat dojo Matj – warum nicht hundert?" Und sie sprechen von Menschlichkeit, sie schreiben in ihren Blättern von Verbrechen gegen die Menschlichkeit, aber das gehört nicht hierher, ich will nur Tatsachen berichten.

In Mühlberg waren damals nicht weniger als insgesamt 32 Reichsgerichtsräte. „Die Reichsgerichtsräte müssen verrecken", äußerte sich damals der deutsche Kommandant Haller in Mühlberg. Er, das willenlose Werkzeug der Sowjets, prahlte damit, dass er, der ehemalige Hilfsarbeiter, nun über die deutsche Intelligenz befehlen konnte. Haller selbst hatte wahrscheinlich Anweisungen von der NKWD, dass die Reichsgerichtsräte, die durchschnittlich im Alter von 45–55 Jahren waren, zu den schwersten Arbeiten im Lager heranzuziehen wären. Die schwerste Arbeit war damals das Jauche-Kommando. Dieselben mussten bei dieser Hungerverpflegung und großen Kälte teilweise ohne Mäntel und Handschuhe die schweren Jauchewagen auf die umliegenden Felder hinausziehen. Bei dieser Arbeit holte sich früher oder später jeder eine Lungenentzündung oder Pleuritis. Die meisten erkrankten und verstarben später im Lazarett. Unter ihnen war Reichsgerichtsrat der Bruder des Erzbischofs und Kardinal von Köln. Von den 32 Reichsgerichtsräten lebten bei meiner Entlassung 1950 nur noch zwei, es war Reichsgerichtsrat **Dr. Goedicke** und **Dr. Rottka.** Alle anderen wurden Opfer eines furchtbaren Systems.

Im Februar gab es eine große Überraschung. Wahrscheinlich waren die Todeszahlen für die Herren in Karlshorst doch zu hoch, denn es gab eine Verpflegungsaufbesserung. Ab 22. Februar gab es pro Tag 500 Gramm Brot, 500 Gramm Gemüse oder Kartoffeln, 50 Gramm Fleisch, 20 Gramm Fett, 20 Gramm Zucker und 30 Gramm Marmelade, insgesamt circa 1.900 Kalorien. Die Stimmung im Lager war enorm, viele Menschen begannen wieder zu hoffen, und die Optimisten erzählten die dollsten Parolen, sie sprachen von den bevorstehenden Entlassungen, und allerlei Gerüchte schwirrten durchs Lager. Einer wollte sogar genau wissen, dass Besprechungen im Gange wären, zwecks eines bevorstehenden Briefverkehrs. Das war unser allergrößter Wunsch. Jahrelang kein einziges Lebenszeichen von der Außenwelt war die größte seelische Marter. Nichts von zu Hause zu wissen und die furchtbare Ungewissheit kostete Nerven. Ein Inder namens **Dr. Rauf Malik**, ein früherer Journalist und Leiter des indischen Informationsbüros in Berlin, sagte eines Tages zu mir: „Weißt du, wenn ich über unsere Lage hier nachdenke, kommt mir zum Bewusstsein, dass wir lebendig begraben sind." Er hatte recht – leider verstarb er im Frühjahr 1948 an Tuberkulose.

Der Frühling kam und somit endlich wärmeres Wetter. Wir alle sehnten uns nach Sonnenschein und Wärme. Ich war im Arbeitseinsatz tätig, und die Arbeiten bestanden um die Erhaltung des Lagers. Mitunter waren auch die unsinnigsten Arbeiten zu verrichten. Vom Steineklopfen, Kohlenschippen, Unkrautziehen, Straßenfegen, Latrinensäubern, Barackenreinigen usw. angefangen bis zum eigenen Schlafdecken-Entflohen. Als die wärmere Jahreszeit kam, nahmen die Flöhe überhand. Millionen von Flöhen peinigten einen Tag und Nacht, und im Sommer war es kaum auszuhalten. Mit der Zeit gewöhnte man sich daran. Alle vierzehn Tage konnte man baden gehen, und da wurden auch die Kleider entwest. Es hatte nur einen Nachteil, die Kleider wurden morsch und zerfielen später. Es gab ja keine neuen, und man musste sich mit abgespartem Brot andere kaufen, von solchen Leuten, die mehr hatten. Meist waren dies die sogenannten Geschäftemacher, auch die gab es.

Im Frauenlager waren auch acht Kleinkinder. Man sah sie hinterm Stacheldraht mit allerlei angefertigtem Spielzeug spielen. Ihre Mütter waren meist im schwangeren Zustand verhaftet worden, und die Sowjets hatten nicht Abstand genommen, dieselben ins Lager einzusperren. Im Lager Mühlberg waren circa 900 Frauen. Viele waren im Lazarett als Schwestern beschäftigt. Ferner in der Wäscherei und bei den Russen im Kasino, Küche und Unterkünften. Sie waren natürlich den dauernden Belästigungen der Soldaten ausgesetzt. Manche Frau, die bei einem Offizier arbeitete, hatte mitunter ein Verhältnis mit demselben. Diese Frauen standen sich besser, sie hatten alles zum Essen und waren gut gekleidet. Der russische Lagerkommandant hatte damals auch ein deutsches Mädchen als Freundin. Im Allgemeinen hielten die Frauen kameradschaftlich zusammen, und es gab nicht so viele Spitzel wie im Männerlager.

Ich wurde später in die Baracke 26 verlegt. Auch war ich noch in verschiedenen anderen Baracken. Am längsten war ich in der Baracke 26. Sie gehörte zur 5. Zone und war eigentlich eine Invalidenbaracke. Da ich bei der Untersuchung als Dystrophiekranker (unterernährt) galt, kam ich als D3 in diese Baracke. Ich war nun so abgemagert, dass ich nicht mehr arbeitsfähig war. In dieser Baracke konnte man auch am Tage liegen, und man hatte einige Vorteile gegenüber den Arbeitsbaracken. Nun konnte man warten auf – die Entlassung – oder den Tod. Die Ernährung von 1.900 Kalorien reichte nicht aus, einen geschwächten Körper zu kräftigen. Im Sommer 1947 war ich so schwach, dass ich mich kaum 500 Meter des Weges schleppen konnte. Aus diesem Grunde schlief ich auch nicht mehr auf der obersten Pritsche, die man auf einer Leiter besteigen musste, sondern parterre. In dieser Baracke habe ich viele intelligente Menschen aus allen Berufskreisen kennen gelernt. Im Allgemeinen konnte ich feststellen, dass ein großer Teil der deutschen Intelligenz verhaftet war. Es waren viele bekannte Männer in dem Lager. Darunter waren bekannte Ärzte, Professoren aller Fakultäten, Wissenschaftler, Konstrukteure, Ingenieure, Erfinder, Schriftsteller, Journalisten, Verleger und sonstige geistig hochstehende Männer. Besonders viele Juristen sah ich, und es kam mir vor, als wäre die gesamte Justiz der Ostzone in Deutschland verhaftet. (Wahrscheinlich deshalb die vielen Volksrichter in der heutigen „Deutschen Demokratischen Republik" in Deutschland.)

In Mühlberg konnte ich auch feststellen, dass viele Invaliden und Kriegsversehrte von den Sowjets verhaftet wurden. Die NKWD scheute sich auch nicht, Schwerinvaliden und Kriegsversehrte vier bis fünf Jahre in Lager zu pressen. Diese teils amputierten Menschen mussten wie die gesunden Kameraden die Unmenschlichkeit der NKWD erdulden. Welchen Grund hatte die NKWD, diese Menschen vier bis fünf Jahre festzuhalten, weil sie nominelle Mitglieder der NSDAP waren oder weil sie zum Teil Soldaten waren, welche von den Alliierten vorzeitig aus der Kriegsgefangenschaft entlassen wurden? Oder weil diese Menschen auf Krücken und Prothesen den angeblichen demokratischen Aufbau in der

Sowjetunion in Deutschland stören? Die NKWD maßte sich an, es zu wissen.

In der Baracke 26 a in Mühlberg befand sich sogar ein Blinder, welcher von einem Lehrer namens Schmidt aus dem Erzgebirge betreut wurde. Dieser Blinde musste sogar den Transport nach Buchenwald mitmachen und wurde bei der ersten Entlassungsaktion im Jahre 1948 nicht entlassen. Die Invaliden waren im Alter von 18–65 Jahre. Viele sogar aus dem Ersten Weltkrieg. Der Älteste war 79 Jahre, derselbe stammte von der Insel Rügen und wurde von der NKWD 1945 verhaftet, weil er angeblich beim Volkssturm war. Diese Menschen mussten besonders hart ihr Schicksal tragen, und nur wenige haben es überlebt.

Im September 1947 gab es ein großes Ereignis. Zum ersten Mal kamen Zeitungen ins Lager, wie ein Lauffeuer ging die Sensationsnachricht durch das Lager. Wirkliche Zeitungen, Mitteilungen von der Außenwelt. „Man hat uns also doch nicht vergessen", sagten die Optimisten. Wir bekamen täglich die sowjetamtliche „Tägliche Rundschau", das Kommunistenblatt der Sozialistischen Einheitspartei in Ostdeutschland „Neues Deutschland" und die kommunistische „Berliner Zeitung". Später gab es noch die kommunistische, nach außen hin getarnte „National Zeitung". Alle wurden sie eifrig gelesen, aber nach wenigen Wochen konnte man bereits ihre einheitlich ausgerichtete Linie feststellen. Natürlich konnte man nur das Gegenteil der wirklichen Wahrheit aus Westdeutschland und der Ostzone lesen. Ich sowie die meisten haben zwischen den Zeilen gelesen und waren orientiert. Ein alter Journalist sagte mir, wie man eine Zeitung mit zwei verschiedenen Augen lesen kann.

Insgeheim hätten wir gern einmal die wirklich demokratischen Blätter, wie „Die Neue Zeitung", „Der Tagesspiegel" und andere, in Händen gehabt. Nun ja, wir waren froh, wenigstens etwas lesen zu können. Mich interessierte besonders der kulturelle Teil dieser Blätter, und der enttäuschte mich. Die Feuilletons sowie die anderen kulturellen Beiträge waren bereits sowjetisiert und die Film- und Theaterkritiken vollkommen einseitig.

Ein neuer Winter stand vor der Tür. Die Tage vergingen im gewohnten Tritt, und man wartete von einer Mahlzeit auf die andere. Dieses Mal hatten wir wenigstens zu heizen. Eine „Goldaffäre" war lange das Tagesgespräch im Spätherbst und der Sturz des deutschen Lagerkommandanten Haller. Die NKWD brauchte nach wie vor Gold. Haller war in den Jahren 1945 bis 1947 ihr bester Lieferant. Er nahm den Leuten die Ringe und Goldzähne ab und gab ihnen dafür einige Brote. Mitunter bekamen sie auch nichts. Eines Tages beauftragte er einige seiner Komplizen, Gold aus dem Leichenhaus zu organisieren. Diese brachen des Nachts in das Leichenhaus ein und zogen mit einer Zange dem Toten, sofern ein Goldzahn noch vorhanden war, diesen heraus. Zur selben Zeit wechselten die russischen Kommandanten, es kam der Kommandant des ehemaligen Lagers Torgau, Oberleutnant *Sasikow*, und übernahm das Lager Mühlberg. Seinen deutschen Kommandanten von Torgau, einen großen Balten namens *Hoffmann,* brachte er auch mit. Haller sah sofort in ihm den größten Rivalen und hatte mächtige Angst, da sein russischer „Gönner" versetzt wurde. Hoffmann, der einen sehr anständigen Ruf bei den Häftlingen aus Torgau mitbrachte, war bei Oberleutnant Sasikow beliebt und wurde später als deutscher Kommandant in Mühlberg eingesetzt. Beherzte Männer, die Hallers Schandtaten kannten und seine unerbittlichen Feinde waren, gingen ohne Wissen Hallers zum russischen Kommandanten und erzählten von der furchtbaren Korruption, die unter Haller in der deutschen Lagerverwaltung herrschte. Der Russe war ein einigermaßen gerechter Mensch, und die gesamte Haller-Clique platzte. Dazu kam noch die Geschichte des Leichenhauses, und Haller war erledigt. Er wurde abgeholt und ist wahrscheinlich später nach dem Osten gekommen. Man hat nicht mehr von ihm gehört. Im Lagerinneren wurde es nun besser. Hoffmann war anständig und korrekt. Auch der russische Kommandant war nicht schlecht, er schien etwas Herz zu haben. Das Essen wurde etwas besser, und die nun kommenden Weihnachten wurden schöner. Wir bekamen sogar kirchliche Schriften von der evangelischen Kirchengemeinde in Deutschland. Dieses Mal gab es sogar etwas Tannenreisig, welches die Außenkommandos mitbringen durften. In meiner Baracke hatte ein Dresdner Bildhauer aus Lehm eine Weihnachtskrippe gebaut. Wir freuten uns an ihr wie die kleinen Kinder. Hier konnte man die alten Männer sehen, wie sie mit primitiven Mitteln, aber fröhlichem Herzen bunte Sterne und allerlei Weihnachts-Krimskrams anfertigten. Am Heiligen Abend sangen wir trotz Verbot Weihnachtslieder, und ich werde nie die anständige Haltung unseres Barackenältesten Rudi B., eines ehemaligen Polizeioffiziers, vergessen. Derselbe war der beste und beliebteste Barackenälteste im Mühlberg. Trotz allem empfand man die Trennung von den Lieben daheim als schmerzlich. Es gab auch diese Weihnachten wieder viele nasse Augen. Silvester kam, und somit ging das Jahr 1947 zu Ende. Die Hoffnung wuchs, und wieder wünschte man sich Gesundheit und baldige Heimkehr – vielleicht in diesem Jahr.

Mit dem neuen Jahr kamen auch einige Änderungen im Lager. Das Lazarett wurde ausgebaut und erweitert. Und zur größten Freude aller Ärzte kam ein Röntgenapparat. Endlich konnten die Tbc-Kranken von den Gesunden getrennt werden. Es begann eine systematische Reihendurchleuchtung, und die Ergebnisse waren verheerend. In einigen Baracken waren mitunter bis über die Hälfte an Tbc erkrankt. Mir fiel ein Stein vom Herzen, als der Arzt „o. B." sagte. Glücklich und freudestrahlend verließ ich den Röntgenraum. Die ganze Zone 5 wurde nun Lazarett. Zwölf weitere Baracken in der Zone 5 wurden nun mit Tbc-gefährdeten Menschen belegt. Der „Spitzbart" war unterdessen wieder ein paar Mal im Lager, und der Erfolg war der, dass wenigstens die Kranken um ein paar Hundert Kalorien erhöht wurden. Ich selbst kam wieder zurück in die Arbeitszone. Im neuen Jahr hatte ich die Möglichkeit, etwas aufzubauen. Durch Arbeitskommando bekam ich mehr zum Essen. Langsam kam ich wieder zu Kräften.

Eine neue Sensation packte das Lager. In der Zeitung konnte man von einem Sokolowsky-Befehl lesen, wonach noch in diesem Jahre Entlassungen von Internierten stattfinden sollten. Die Freude war groß. Die tollsten Gerüchte tauchten auf, und die Parolemacher hatten Gesprächsstoff. Man zerbrach sich den Kopf, wer und welche Kategorie entlassen würde. Die Kategorie, der man angehörte, war selbstverständlich dabei – nur die andere nicht. Plötzlich im April kamen Aufrufe, das Lager Mühlberg wurde in zwei Hälften geteilt. Die eine wurde mit Stacheldraht eingezäunt, und da hinein kamen die Aufgerufenen. Alles tippte sofort: „Das sind diejenigen, die noch bleiben müssen." Warum? – Weil sie eingezäunt waren. Als man sah, dass diese 4.500 Menschen besser ernährt wurden als wir auf der anderen Seite, sagten die Optimisten, die bekämen besseres Essen, da sie noch bleiben müssten, aber sie hatten sich getäuscht. Leider gehörte ich auch zu den Getäuschten. Die sogenannten „Quarantäneleute" waren fast ausschließlich Mitglieder der NSDAP und politische Leiter bis einschließlich Ortsgruppenleiter. Dieselben wurden vom 10. Juli bis 15. August 1948 entlassen. Wir hatten nicht mehr die Möglichkeit, mit ihnen zu sprechen, und beneideten sie. Die Optimisten sagten wieder: „Wenn die draußen sind, kommen wir dran." Nur vergaßen sie, dass es 1 1/2 Jahre später sein sollte.

Man sagte im Allgemeinen, die NKWD wäre nicht bestechlich. Oh, und ob sie das waren! Viele Fabrikanten, die zu Hause irgendetwas auf Lager hatten, konnten mit einem Offizier sogar nach Hause fahren. Meist mussten sie aber im Werte bis zu zehntausend Reichsmark Waren springen lassen. Mir wurde bekannt, dass sich ein Kabarettbesitzer aus Leipzig seine Freiheit wortwörtlich erkaufte. Der politische Offizier, der bei ihm zu Hause viel Wein und Schnaps holte, änderte sein Protokoll, als die Entlassungskommission nach Mühlberg kam. Er wurde plötzlich in die Gruppe der Parteigenossen eingereiht, obwohl er SS-Angehöriger war und als Betriebsführer verhaftet wurde.

Lager Buchenwald

Diesmal war der Transport etwas leichter zu ertragen. Es war ja nicht die grimmige Kälte wie im Januar 1947. Zu 50 Mann mussten wir wieder in die Viehwaggons einsteigen, und ein Schubsen und Drängen begann, da jeder einigermaßen sitzen wollte. Vom Liegen war gar keine Rede. Die Lazarettkranken hatten den Vorteil, dass sie in ihren Waggons Stroh und Decken hatten und nur zu 30 Mann im Wagen lagen. Ich war innerlich sehr froh, dass ich die Sandwüste Mühlberg hinter mir hatte, denn das Land Thüringen erschien mir landschaftlich sympathischer. Durch eine Wagenritze konnte ich die herrliche Freiheit in herbstlicher Pracht sehen. Das Herz tat mir weh, als ein D-Zug vorbeifuhr, und ich sah glückliche Menschen am Fenster stehen und im Speisewagen sitzen. Unser Wagen hatte diesmal auch alle „Vorzüge", es war zugleich der „Schlaf-Speise-Wagen". Die Toilette befand sich wiederum in Form eines Loches in der Mitte des Waggons. Wir fuhren über Leipzig in Richtung Weimar. Als wir die schöne Messestadt Sachsens hinter uns hatten, war „Fütterung". Dieses Mal gab es circa 600 Gramm Brot und salzige Heringe mit etwas Margarine. Leider nichts zum Trinken. Quälender Durst peinigte uns, und ich bereute, dass ich den Hering aß. Dies war wieder eine typische Methode der NKWD-Transport-Spezialtruppe. Noch dazu die Hitze im Waggon, es wurde unerträglich, Gott sei Dank dauerte die Fahrt nur 1 1/2 Tage. In Weimar standen wir noch etwas länger auf dem Güterbahnhof, und einigen Kameraden glückte es, Zettel hinauszuwerfen. Mein Freund Ernst schrieb mit einem organisierten Bleistift kleine Zettel und warf sie unterwegs hinaus, es stand darauf:

Bitte weitergeben an die alliierten Behörden in Berlin!
Rest aus dem Lager Mühlberg!
2.700 Menschen nach Buchenwald verschleppt.
Viele Ausländer darunter. Wir bitten um Intervention.
Helft! Helft! Helft!

Ich konnte beobachten, dass Reichsbahnangestellte in der Hauptsache die Zettel aufsammelten und einsteckten. Ob sie nach Berlin gelangt sind, weiß ich nicht. Nun wurde eine zweite Lok angespannt, und langsam fuhren wir aus Weimar heraus, den Ettersberg hinauf. Links und rechts der wunderschöne Buchenwald in herbstlicher Farbtönung. Besonders die Obstbäume zogen meinen Blick auf sich, und mir lief das Wasser im Munde zusammen. Gegen 6 Uhr abends erreichten wir den Bahnhof vor dem Lager Buchenwald, schon beim Gedanken überkam einen ein leiser Schauer. Dieses Lager war jedem geläufig, und mein Freund Ernst kannte es. Er saß von 1942 bis 1945 bei den Nazis und wurde 1945 von den Amerikanern befreit. Leider im Herbst 1945 von den Sowjets in Halle wieder verhaftet, natürlich auch Spionageverdacht. Er sagte mir aber gleich: „Sei beruhigt, Buchenwald ist schöner als Ketschendorf und Mühlberg." Und er hatte recht. Die Entladung ging ziemlich schnell vor sich, und wir marschierten ins Lager. Meinem Auge tat es wohl, als ich die herrliche Landschaft sah und Berge, ja richtige Berge. Thüringen, das hüglige und bewaldete Gebiet, war direkt Labsal für mich nach der verdammten Sandwüste Mühlberg. Das Lager ist sehr groß und liegt am Nordhang des Ettersbergs, wo früher vor circa 150 Jahren Goethe sinnend und träumend herumwanderte. Er hätte damals nicht gedacht, dass ein Jahrhundert später diese Stätte der Boden des Grauens, totalen Quälens und Mordens wurde. Hitler erbaute Buchenwald, und Stalin übernahm es. Bei diesem Punkt will ich gleich feststellen, dass ein ganz kleiner Unterschied zwischen dem Nazilager und NKWD-Lager bestand. Während die Häftlinge im Nazilager Briefe und Pakete bekommen konnten, ja sogar mitunter Sprecherlaubnis mit Angehörigen hatten, waren wir „lebendig begraben". Es gab keine Sprecherlaubnis, keine Briefe, keine Pakete, und das geringste Lebenszeichen von den Lieben daheim war unerreichbar. Damit will ich nicht die Nazieinrichtung loben, denn KZ bleibt KZ, sondern nur eine Tatsache feststellen.

Vor dem Lager befanden sich die Wohnhäuser der Russen, ein Kasino, Kino sowie Sportplatz. Als wir diese Zonen hinter uns hatten, kamen wir zum eigentlichen Lagertor, und ein Schreck fuhr mir durch die Glieder, als mich mein Kamerad Ernst anstieß und nach einem Offizier deutete. Ich glaubte eine Fata Morgana zu sehen. Leibhaftig und schimpfend in seiner massigen Körperfülle stand am Eingang Major *Andrejew*. Alle guten Geister – mit dem hätten wir nicht gerechnet. „Der Großmajor", so wurde er genannt, sah nun seine Reste und Überlebenden aus Ketschendorfs Ära in sein Lager marschieren. Seine Mütze saß nach wie vor schief auf seinem dicken Schädel, und ich konnte feststellen, dass er noch dicker geworden war. Wie ein großer Bär tapste er in seinen Stiefeln umher, und im Mundwinkel hing lässig wie immer die Papirossa. Nun war unsere Hoffnung dahin. Wir hatten insgeheim gehofft, dass wir Oberstleutnant Sassikow aus Mühlberg als Kommandanten bekämen.

In der Filzbaracke ging es hoch her. Wir wurden von den Soldaten genau nach verbotenen Gegenständen untersucht, und ein Teil unserer Wäsche und Decken, die wir aus Mühlberg mitschleppten, nahmen sie uns ab. Die ganze Nacht lagen wir in der sogenannten Kultura. Es war zu deutscher Zeit die Kulturbaracke, wo Kinovorstellungen stattfanden. Am Morgen kamen die Offiziere und überprüften die Akten. Nach Lagernummer und Akt wurde man aufgerufen, und es wurde einem die eigene Unterschrift gezeigt, somit stellten sie fest, dass man noch am Leben war. Ihre Registratur muss ein toller Sauhaufen gewesen sein, denn ein Kamerad erzählte mir, derselbe war im deutschen Lagerbüro tätig, dass die Russen mitunter Leute zur Vernehmung riefen, die bereits vor Jahren gestorben waren. Obwohl die deutsche Verwaltung jeden Morgen die Toten genau namentlich mit allen Daten der russischen Verwaltung meldete, konnten derartige Dinge passieren.

Ich kam mit meinen Kameraden in die Baracke 26. Es war eine große Steinbaracke mit einem Stockwerk und fasste 320 Menschen. In meiner Stube schliefen wir zu 45 Mann. Die Baracken waren im Allgemeinen viel besser als in Mühlberg. Im Winter waren sie warm, und es gab richtige große Fenster, nicht wie in Mühlberg, wo es nur kleine Luken waren. Diese Fenster hat der Russe 1946 alle vergittern lassen, und jede Baracke war für sich abgezäunt. Man konnte also mit keinem aus der Nachbarbaracke sprechen. Das waren wir aus Mühlberg nicht gewohnt, denn dort konnten wir innerhalb einer ganzen Zone herumlaufen. Im ersten Moment konnte ich feststellen, dass hier alles viel strenger und schärfer war. Kein Wunder, es war ja auch Andrejew, ein Spezialist auf dem Gebiete der NKWD-Lager-Kommandanten hier. Monate und Jahre war man somit auf seine Baracke angewiesen, und der Auslauf war kaum 100 Meter. Alle zehn Tage, wenn man zum Baden ging, konnte man etwas vom Lager sehen. Das Lager Buchenwald war auch wieder in vier Zonen eingeteilt. Die erste war die Handwerkerzone, wo die Großküche, Bäckerei, Bad und Waschanstalt waren. Außerdem befand sich das Frauenlager in der ersten Zone. Die zweite und dritte Zone war von nicht arbeitsfähigen Leuten belegt. Die vierte gehörte zum Lazarett. Das Lazarett war für Lagerverhältnisse sehr schön, und man konnte feststellen, dass es nicht die Russen eingerichtet hatten. Da ich 1949 selbst als Kranker im Lazarett lag und später auch als Sanitäter im Lazarett gearbeitet habe, kann ich mir dieses Urteil erlauben.

Nach drei Wochen wurden wir „Neuen" auch zur Arbeit herangezogen. Es ging zum Steineklopfen und allerlei unmöglichen Arbeiten. Ich arbeitete gern, denn man kam aus der Baracke heraus und konnte irgendwelche Bekannten treffen. Die Ernährung war wie in Mühlberg, das Essen wie gewohnt. Viel Kohlsuppe, die meist sehr dürftig war, und abends die übliche Grütze. Im Lazarett war das Essen etwas besser, und die Schwerstkranken bekamen ein verhältnismäßig sehr gutes Essen. Aber leider war es für diese armen Menschen meist zu spät, und das gute Essen nutzte ihnen nichts mehr. Wenn sie uns allen im Lager dieses Essen (mit dem die kommunistische Presse nach der Entlassung Propaganda zu machen versuchte) gegeben hätten, wären die meisten nicht unterernährt und krank geworden. Es hätte auch niemals so viele Tbc-Kranke gegeben.

Es kam langsam der Winter, dieses Mal hatten wir Glück, denn die große Kälte kam nicht. Wieder kam die Weihnachtszeit. Meine dritten Weihnachten hinter Stacheldraht. Jetzt merkten wir, dass unser Lagerkommandant **Andrejew** hieß, denn jegliche Vorbereitung für Weihnachten war streng verboten. Kein Grünes, nichts – gar nichts – durfte angefertigt werden. Wir waren innerlich sehr erzürnt und erschüttert über so viel Gemeinheit. Natürlich war auch das Liedersingen streng verboten. So saßen wir nun am Weihnachtsabend in unseren Stuben, und äußerlich erinnerte nichts an die Weihnachtszeit. Trotzdem ließen wir uns nicht unterkriegen. Wir stellten an den Fenstern Horchposten auf, da die russischen Streifen besonders an solchen Tagen scharf aufpassten, und ein evangelischer Pastor hielt eine schöne Ansprache. Er forderte uns auf, weiter den Kopf hoch zu halten, standhaft zu bleiben und die Hoffnung auf eine vielleicht doch baldige Heimkehr nicht aufzugeben.

Ich war froh, als Weihnachten wieder vorbei war und das neue Jahr 1949 kam und für uns die größte Hoffnung auf Entlassung. Die Parolenmacher waren im vergangenen Spätherbst sehr still geworden, da sie sahen, dass viele Transporte aus anderen Lagern nach Buchenwald kamen. Hier war das Sammelbecken aller aufgelösten Lager, und es hatte um Weihnachten eine Stärke von rund 12.000 Menschen, darunter 800 Frauen. Auch hier waren wiederum kleine Kinder im Alter von zwei bis fünf Jahren. Als das neue Jahr kam, brachten die Optimisten wieder Hunderte von Parolen, alles tippte wieder auf Entlassung im Frühjahr, spätestens Sommer. Ich glaubte nicht so recht daran, da ich sah, wie uns der Russe immer wieder belog. Marschall **Sokolowsky** versprach uns in der Presse 1948, als die NSDAP-Leute entlassen wurden, dass wir, die noch in den Lagern

Festgehaltenen, mit unseren Angehörigen brieflich in Verbindung treten könnten. Als er nach Moskau abberufen wurde, hatte er sein Versprechen vergessen. Es kam zu keinem Briefverkehr.

Im Januar wurde ich krank. Ich bekam über Nacht ein furchtbares Rheuma, und es stellte sich eine Gelenkentzündung heraus. Ich konnte kaum meine Finger und Arme rühren und hatte Tag und Nacht furchtbare Schmerzen. Ich wurde in das Lazarett eingeliefert. Nie werde ich meinen Arzt und Helfer Tausender kranker Kameraden **Dr. Koller** vergessen. Er war der beliebteste und beste Arzt im Lager Buchenwald. Nach zwei Monaten war ich wiederhergestellt, und es ging aufwärts mit mir.

Der „Spitzbart" war unterdessen wieder ein paar Mal im Lager, und einige wagten ihn anzusprechen und baten um Rationserhöhung. Das Essen war entschieden zu wenig. War es notwendig, nach fünf Jahren immer noch Hunger zu leiden? Herr **Dr. Katz** versprach viel, aber wie alle Russen, er hielt nichts. Die Sterblichkeit war nicht mehr so hoch wie in den ersten Jahren. Durchschnittlich starben jetzt circa fünf bis sechs Mann, meist Tbc-Fälle. Der Röntgenapparat aus dem Lager Mühlberg wurde geholt, und hernach kam wieder die Reihendurchleuchtung. Wiederum verheerende Ergebnisse. Die gesamte vierte Zone wurde die sogenannte Tbc-Zone, und ganz Buchenwald glich bald einer großen Lungenheilstätte. Buchenwald hatte bei seiner Auflösung im Februar 1950 9.300 Insassen. Davon hatten nicht weniger als 4.600 geschlossene, teils offene Tuberkulose. Ich war froh, als ich wieder o. B. war, und meldete mich eines Tages als Sanitäter ins Lazarett. Ich wollte arbeiten, denn das dauernde Nichtstun in den Baracken und das Warten von

Mahlzeit zu Mahlzeit wurden mir unerträglich. Ich wurde angenommen und kam auf die Station II. Dieselbe war intern, und es waren in der Hauptsache Herzkranke, Wasserkranke. Außerdem war die Station II die Hepatitis-Station. Hepatitis epidemica kam im Lager gleich nach der Tbc. Es war die sogenannte Gelbsucht und trat in Buchenwald fast als Seuche auf. Auf der Station hatten wir fast täglich drei bis fünf Einweisungen. Die Krankheit war sehr heimtückisch und konnte gefährlich werden. Ich bekam sie im August auch und musste nachher als Patient auf meiner Station volle vier Monate liegen. Stationsarzt war **Dr. Birk,** ein sehr netter und stets freundlicher Arzt, der sich bei seinen Patienten viel Mühe gab.

Als ich als Sanitäter auf die Station kam, hatte ich in meiner Stube gleich einen Todesfall. Es war ein alter Mann aus Rostock, und da ich den Toten mit einem Kameraden ins Leichenhaus schaffen musste, bot sich mir zum ersten Mal ein furchtbarer Anblick. Die Toten wurden nur einmal in der Woche ins Massengrab hinausgefahren, und die Leichenkammer war bereits voll. Aufgeschichtet lagen die Toten, und es stank bestialisch. Fast gelbgrau waren ihre ausgemergelten Körper, und man sah nur Rippengebilde mit Haut. Ich war froh, als ich diese Arbeit erledigt hatte, und drückte mich jedes Mal, wenn wir auf der Station einen Toten hatten. Es kam der August und somit der Tag, wo ich wiederum krank wurde. Ich hatte mich mit einer Hepatitis angesteckt und lag volle vier Monate krank. Obwohl mich der Arzt, wie ich später erfuhr, fast aufgegeben hatte, wurde ich wieder gesund. Ich war sehr geschwächt. Dreißig Pfund hatte ich abgenommen, und nun hieß es wieder aufbauen. Meine Kameraden, die ebenfalls Sanitäter waren, unterstützten mich mit Suppe und Brot, so dass ich langsam wieder zu Kräften kam. Ich hatte einen unbändigen Lebenswillen und wollte der NKWD nicht die Freude machen, dass ich in die „Zone 5" entlassen wurde. Die Zone 5 nannten wir in Buchenwald den anschließenden Wald hinter dem Lager, wo die Massengräber waren.

Im Lager wurde die Stimmung besser. Langsam wurde die Ernährung aufgebessert, und ich erinnerte mich meiner Worte, die ich früher einmal gesagt hatte: „Wenn im Lager einmal das Essen besser wird, dann kommt die Entlassung." Damit hatte ich recht. Die Optimisten waren obenauf, und die Parolen steigerten sich von Tag zu Tag. Nun wurde ich langsam Optimist. Man erfuhr, dass in der Schneiderei Anzüge angefertigt werden, im Magazin trafen neue Strümpfe, Schuhe und Stoffe ein. Es gab auch zum ersten Mal richtige Fettseife, denn vier Jahre hatten wir nur Tonseife. Alles deutete somit auf eine kommende Entlassung hin. Manchmal hatte ich Zweifel. Nun ja, viele waren nicht mehr übrig geblieben, nur die wenigsten hatten diese Strapazen überlebt. Von rund 185.000 Menschen, die die NKWD in der Sowjetischen Zone in Deutschland verhaftet hatte, starben allein 96.000 in den Lagern. Circa 37.000 wurden deportiert.

Der Dezember 1949 kam und somit meine vierten Weihnachten. Diesmal wusste ich, dass es die letzten sein werden. Im Dezember gab es sogar dreimal Kinovorführungen in der Kultura. Gezeigt wurden die sowjetischen Filme „Stalingrad", „Begegnung an der Elbe" und „Auschwitz". Jawohl, „Auschwitz", ich musste lachen darüber, ausgerechnet uns, welche wir dasselbe erlebten, zeigte man diesen KZ-Film. Ich fand das genauso geschmacklos wie die beiden Friedenstauben aus Gips, die im Lazarett auf der Grünanlage auf einem Zementsockel postiert waren, Friedenstauben, das Wahrzeichen von Frieden, Freiheit und Menschlichkeit – ausgerechnet im russischen Konzentrationslager.

Diese Weihnachten gab es auch Lockerungen. Wir bekamen wieder Schriften der evangelischen Religionsgemeinde und, oh Wunder – Tannengrün, richtiges, echtes Tannengrün. Plötzlich war es da, und wir durften auch allerhand Weihnachtliches anfertigen und in den Stuben anbringen. Die Freude war groß, und mir wurde zur Klarheit, dass Entlassung im neuen Jahr in Aussicht ist. Die größte Überraschung war der plötzlich angekündigte Besuch geistlicher Würdenträger. Das erste Mal in der Geschichte der NKWD, dass Bischöfe und Pastoren das Lager betreten durften. Aus diesem Grund gab es sofort im Lager eine Barackensperre, d. h. keiner durfte die Baracke verlassen, damit die Geistlichen nicht eventuell die Wirklichkeit sehen. Schnell wurden Potemkin'sche Dörfer aufgebaut. Die Kultura wurde geheizt, und von jeder Baracke durften 20 Mann zum Gottesdienst, aber nur solche Kameraden durften dahin gehen, die anständige und noch einigermaßen saubere Kleidung besaßen. Die Kameraden mit zerlumpter Kleidung mussten daheimbleiben, trotzdem freuten sich die meisten darüber. Als am 2. Feiertag der katholische Weihbischof von Thüringen kam und den katholischen Gottesdienst hielt, hatte ich die Möglichkeit hinzugehen. Hinter den Kulissen in der Kultura konnte ich die russischen Dolmetscherinnen sehen, die genau aufpassten, ob Hochwürden nicht etwa mehr sagte, als genehmigt war. Nur bei der Predigt hätte ich fast gelacht, als ich die erstaunten Augen der Dolmetscherinnen und Offiziere sah, als sie eine ihnen unverständliche Sprache hörten, es war die lateinische Predigt. Die Ohrenbeichte war selbstverständlich verboten, und die heilige Kommunion ging in Buchenwald bei der NKWD eben ohne Ohrenbeichte. Ich wunderte mich nicht, denn bei den Russen war alles möglich. Ganz in der ersten Reihe saßen die Frauen mit ihren Kindern. Noch heute höre ich die Stimme eines Kindes, welches ganz laut und deutlich zu dem Würdenträger sagte: „Onkel, wir wollen nach Hause, komm, nimm uns mit."

Nun kam das Jahr 1950 und somit der 15. Januar. Vor Freude wurde mancher verrückt, als es hieß, die ersten Aufrufe zur Entlassung beginnen. Mancher ältere Mensch bekam einen Herzschlag, und ich kenne persönlich einen Fall. Es war ein Berliner Kinobesitzer, den der Herzschlag traf, als er die freudige Nachricht bekam. Jeden Tag wurden circa 300 Mann entlassen. Man konnte sich also ausrechnen, dass bis 15. Februar 1950 das Lager leer sein musste. Nachts konnte man vor Aufregung kaum schlafen, und man hoffte immer, am nächsten Tag dabei zu sein. Man hatte keine Geduld mehr, und niemand wollte der Letzte sein, ganz klar, wir kannten die Russen und wussten, dass sie unberechenbar waren. Über Nacht konnten sie die Aktion einstellen. Daher konnte ein einziger Tag das Leben bedeuten, das wussten wir.

III.
Der Eiserne Vorhang darf nicht fallen

Plötzlich Ende Januar kam die schrecklichste Nervenprobe. Parallel mit der Entlassungsaktion kam eine Vernehmungswelle. Offiziere und Dolmetscher vernahmen. Jawohl, richtige Vernehmungen nach fünf Jahren. Laufend wurden die armen Menschen geholt und die unsinnigsten Fragen gestellt. Ein junger Soldat, der in Russland gewesen war, wurde gefragt, warum er Soldat war, warum er in Russland kämpfte, ob er im Kampf auf Russen schoss und warum er nicht übergelaufen ist. Leider begann eine Tragödie. Wir dachten, dass wir entlassen werden, und mussten feststellen, dass Menschen abtransportiert wurden. Es wurden über 2.000 Mann nicht entlassen, sondern erneut verschleppt. Darunter waren viele Tbc-Kranke. Meine Hoffnung auf Freiheit sah ich langsam schwinden. Diese letzten Tage waren die schlimmsten für mich. Über Nacht wurde das gesamte Beerdigungskommando mit LKW weggebracht, wahrscheinlich nach dem Osten. Weil diese armen Menschen zu viel wussten, war ihnen die Freiheit nicht gegönnt. Hinterher kamen zwei Transporte mit je 1.000 Personen, unter denen sich auch Frauen befanden, weg. Sie waren das Opfer, denn der Eiserne Vorhang durfte nicht fallen. Wer weiß, in welchem Gefängnis oder Zuchthaus sie weiterhin ihr Dasein fristen.

Am 9. Februar wurde ich aufgerufen. Ich glaubte nicht richtig gehört zu haben, aufgerufen mit 300 Mann. Im ersten Moment dachte ich an Abtransport, sah aber nachher zu meiner größten Freude, dass es der Entlassungsaufruf für den nächsten Tag war. In derselben Nacht mussten wir noch baden, und wir wurden rasiert.

In der Entlassungsbaracke mussten wir uns nackt ausziehen, über einen Laufteppich in ein anderes Zimmer laufen, und dort gab es ein Hemd, Unterhose, Schuhe, Jackett, Hose, Mantel, Handschuhe und Mütze. Der Stoff war zwar miserabel und Produkt eines volkseigenen Betriebes in der Sowjetrepublik. Es kam der 10. Februar 1950, nie werde ich das Datum vergessen, als ich das Lagertor passieren konnte. Genau wurde man noch einmal auf Namen, Vornamen, Geburtsdatum und Registriernummer geprüft, und dann empfing einen die Volkspolizei der Ostrepublik. Dieselben fragten nach Reiseziel, und man bekam einen Entlassungsschein, als Reisegeld gab es 30 Ostmark, und die Fahrkarte musste man selbst kaufen. Ich bin nicht in der Lage, das Freudegefühl so zu schildern und wie einem zumute war, als man das Lager von außen sah. Mit einem Autobus wurden wir nach Weimar gefahren. Stumm und der Sprache unfähig saßen wir erschüttert im Wagen und bewunderten die vorbeifliegenden Wälder. Herrlich, die Freiheit! Als wir vor dem Hauptbahnhof in Weimar ankamen, sah ich viele Menschen, in der Hauptsache Frauen, die wahrscheinlich schon tagelang auf ihre Männer warteten. Viele warteten umsonst, denn er würde nicht mehr kommen, und manche mussten bitteren Herzens die Heimfahrt allein antreten.

Auf mich wartete niemand, keine Frau. Ich bin nicht verheiratet, habe keine Kinder, keine Familie. Doch sah ich eine. Sie war groß, schlank und ihre Augen blau, und ihr kirschroter Mund lächelte. Sie lächelte mich an, sie war wirklich eine schöne Frau, ja die schönste der Welt, **die Freiheit,** ich war ganz in ihrem Bann und erschrak, als ich den Bahnhof betrat. Ein kleiner Junge von etwa sieben Jahren kam auf mich zu und hielt mir eine Fotografie vor, mit schüchterner Stimme fragte er: „Kennen Sie meinen Vater, er war auch in Buchenwald?" Leider kannte ich ihn nicht, und ich musste schnell weiter, denn jetzt merkte ich, dass mir die Tränen kamen. Schnell fort von hier.

Wiederum kamen Menschen auf mich zu und fragten nach allem Möglichen. Einige wollten wissen, wie es in Buchenwald war. Wie die Russen waren und vieles mehr. Da sah ich plötzlich die großen, jetzt warnenden Augen **der F r e i h e i t**. Sie legte ihren Zeigefinger auf ihren Mund, und ich konnte ihre Gedanken erraten, als wollte sie mir sagen: „Sprich hier nicht, pssst! Sei still, hier ist nicht der Boden der Freiheit!" Plötzlich war sie wieder verschwunden. Ich wollte weg, schnell weg, nur weg von hier. Ich bestieg den Zug nach Berlin.

Es war abends, als zischend und dampfend der Zug hinausfuhr und Weimar wie eine Silhouette verschwand. Meine Gedanken waren noch einmal auf dem Ettersberg, wo 13.000 tote Kameraden in der Erde Thüringens ruhen. Der Zug brauste durch die Nacht in Richtung Berlin. Monoton summten die Räder, und ihr Rhythmus sang in meinen Ohren. Am Morgen, es war ein herrlicher Sonnentag, da sah ich sie wieder, meine schönste Frau der Welt,

d i e F r e i h e i t.

Im Verlagsbüro 1954

Heirat 14.5.1976

In Berlin

Mit Sohn Andy